Kaspar Freuler

Urlaub auf Ehrenwort

Zwei fröhliche Geschichten

Friedrich Reinhardt Verlag Basel

Herausgeber: Benno Mascher, Witten
Umschlaggestaltung:
Jan Buchholz/Reni Hinsch, Hamburg

8.-11. Tausend der Gesamtauflage

Printed in Switzerland
Druck und Einband: Friedrich Reinhardt AG, Basel
© 1974 by Friedrich Reinhardt Verlag, Basel
Alle Rechte vorbehalten
ISBN 3 7245 0332 6

Inhalt

Urlaub auf Ehrenwort 7
Ferienhäuschen – einmal russisch gesehen.... 65

Urlaub auf Ehrenwort

Friedrich Johannes Bopp, seit einem halben Menschenalter Dorfpfarrer in Binz am Büchel, war ein kleiner, rundlicher Herr, dem man ohne weiteres ansah, daß er nicht nur über das Schlechte in der Welt zu predigen verstand, sondern sich gerne auch an der bessern Seite des Lebens freute. Man behauptete, daß er in aller Heimlichkeit ein Schemelchen auf der Kanzel habe einbauen lassen, um der Gemeinde etwas imposanter zu erscheinen; ja es gab Leute, die ihn um dessentwillen recht despektierlich den «Schemeli-Pfarrer» nannten. Doch tat das seiner Beliebtheit weiter keinen Abbruch. Er predigte schlecht und recht, nahm sich der Armen und Kranken an, hielt die Kinder in Zucht, taufte und traute und begrub, wie die Funktionen eben fielen, und man wußte auch, daß manch ein Bruder von der Landstraße an seinem Tisch sich satt essen konnte. Die ihm auferlegten Pflichten in diesen und jenen Gemeindeämtern hatte er von jeher mit Treue erfüllt, orgelte auch, wenn der junge Lehrer sich seine Ferien im schönen Tessin oder sonstwo vertrieb, und verstand es schließlich auch, was ihm die Bauern hoch anrechneten, hie und da im «Goldenen Träublein» mit ihnen einen Jaß zu klopfen und sogar mit Würde zu verspielen. Trotzdem er unbeweibt war, konnte man ihm diesbezüglich nicht ein Wort nachsagen, das seinen geistlichen Stand irgendwie touchiert hätte. Ein einziges Mal, so munkelte man, sei er in einer eidgenössischen Festhütte etwas ausgerutscht und in regem Gespräch mit einer Serviertochter gesehen worden, die aus seinem Glas trank. Im Saus und Braus des vaterländischen Festes ward dieser minime Schönheitsfehler aber rasch ausgewischt, und die Mütter lediger Töchter sahen dem freundlichen Fünfziger nicht ungern nach, wenn er mit festen Schritten durch die Straßen wandelte. Im übrigen sei gleich zum voraus gesagt, daß Friedrich Johannes Bopp ebenso ledig und frei aus dieser Erzählung herausspaziert, wie er nun nachdenklich und mit einem weißen Papierzettelchen in der rundlichen Hand in sie hineinpazieren kommt.

Bopp hatte nämlich die Gewohnheit, seine Predigten jeden Sonntag in der Frühe, wenn nötig sogar unter einem Regenschirm, auf dem Kirchenplatz zu memorieren. Man lächelte darüber – wozu hat der Pfarrer denn ein Studierzimmer? Aber schließlich war das eine Marotte wie hundert andere auch und noch lange keine von den dümmsten. Frische Morgenluft, Vogelgezwitscher und Sonnenaufgang mögen einer werdenden Predigt wohl nicht minder gut bekommen als kalter Zigarrengestank und der abgeschabte Glanz ungezählter Bücherrücken. Auf jeden Fall saß die Predigt, wenn die Glocken einläuteten, dort, wo sie sitzen sollte.

So spazierte also Fr. J. Bopp an diesem Sommersonntagmorgen bedächtig von der Haustüre weg über den bekiesten Vorplatz, dann längs den dunkelgrünen Buchseinfassungen der bunten Blumenbeete, vorüber an künftigen Kohlgemüsen, wechselte dann zu den Himbeersträuchern und nach links zu den Rosenbäumchen, trat dann, einen Augenblick die Stirne runzelnd, durch das quietschende Gartentürchen in den Bereich des Kirchenhofes, längs dessen dicker Mauer er an fünf alten Linden vorbeiwandelte. Bei dem längst abgesessenen Gartenbänklein machte er rechtsum, um nun um den Turm herumzuwandern und an der Südseite des Langschiffes wieder aufzutauchen. An einer Verbottafel betreffend unerlaubter Schuttablagerung vorüber kam er alsdann wieder zum Gartentörchen und damit zurück in das Reich der Spinatkräuter und der Rosenbäumchen. Dieser ganze Weg wäre für einen Geschäftsreisenden oder einen Lebensversicherungsagenten bequem in drei oder vier Minuten zu machen. Fr. J. Bopp hingegen brauchte zu jedem Umgang mindestens eine halbe Stunde. Er hatte das schon ungezählte Male durch einen Blick auf die goldenen Zeiger hoch über ihm konstatiert, und es kam auch nicht von ungefähr. Ein Pfarrer läuft nicht wie der erstbeste gedankenlose Windhund an Haus und Hof und Kirche vorbei, oder wie ein Briefträger, der nichts im Kopf hat als einen Haufen Adressen und eine rationelle Wegeinteilung. «Ein Pfarrer macht sich seine Gedanken!» hatte er eben letzte Woche zu Jeannette gesagt.

Jeannette, um sie bei dieser Gelegenheit gleich anständigerweise vorzustellen, Jeannette war seine Haushälterin; eine Person, deren Äußeres mit dem graziösen Namen recht wenig zu tun hatte, sondern die vor fünfzig und mehr Jahren in einem Genfer Waisenhaus auf Wunsch der Mutter und in Abwesenheit eines Vaters nun eben auf Jeannette getauft worden war.

«Gedanken macht man sich!» hatte er zu ihr gesagt. «Da sind einmal die ausgetretenen Treppenstufen, über die ich mich ärgern muß! Einesteils kommt das von ihrem Alter, anderseits von Eurem unvernünftigen Putzen und Fegen! Dann ist der Kies zu grob und der Kohl scheint den Wickler zu haben. Ihr lest ihm die Schnecken zu wenig ab und habt das brave Igelchen verscheucht.» Beim Igel seufzte Jeannette – ein gräßliches Tier! Der Pfarrer wollte es aber nicht mit ihr verderben und fuhr fort: «Die Himbeeren hingegen haben herrlich angesetzt. Wir werden einen ganzen Kasten voll ausgezeichneter Konfitüre bekommen.» Hier strahlte Jeannette. Himbeergelee, klar wie Rosenglas mit Alpenglühen, war ihr Stolz, und wehe dem Fäserchen ordinärer Zellulose, das sich durch das pressende Tuch verirrt hatte. «Punkto Rosen aber», und hier stieg des Pfarrherrn Stimme merkbar, «punkto Rosen kennt Ihr meine Ansichten, Jeannette! Ein Mensch, der an blühenden Rosenbäumchen vorbeiläuft, ohne sie anzusehen, so ein Mensch ist überhaupt kein Mensch, sondern ein veritabler Holzbock, und es wäre besser, er käme an Disteln vorüber. Jede Blattlaus weiß so ein Rosenstöcklein zu estimieren, und ich als kultivierter Mensch sollte nicht ein paar Minuten davor stehenbleiben und mich freuen?» Auf das Gartentörchen hingegen war Bopp weniger gut zu sprechen. «Ich ärgere mich längst darüber», sagte er und schmiß es verärgert zu. Jeannette kannte die Geschichte: Der Kirchenpräsident, der jüngst verstorbene Hafnermeister Knötzerli, hatte eines Nachts nach einer etwas struben Sitzung im Pfarrhaus in der Galle den Schlüssel abgezogen und irgendwie verplempert; der Pfarrer hatte umsonst einen neuen verlangt; man war ein wenig aneinandergeraten, weil nach des Pfarrers Ansicht zu einem neuen Schlüssel endlich auch ein neues Gartentor gehöre und überhaupt dies und das, eine neue Tapete in die Kammer und ein Parkettboden in den obern Hausgang statt des alten Ladenbodens, also lauter Dinge, die eine Kirchgemeindekasse zu belasten drohten und darum konsequenterweise überhaupt zu Tode geschwiegen wurden.

«Ein Blick in den Blumengarten wiederum ist eine wohlgefällige Erholung. Die eingemauerte Kanonenkugel aus dem Dreißigjährigen Krieg läßt mich die Wirrsale der heutigen Zeiten vergessen, und die Verbottafel erinnert an die Grenzen der weltlichen Obrigkeit. Und so hat jedes Ding seinen tiefern Sinn, jawohl, Jeannette!» –

Jeannette wußte diese Dinge längst, und sie wußte auch, daß der pfarrherrliche Spaziergang nicht immer nur durch Rosen und durch die Kanonenkugel zeitlich verlängert wurde, sondern daß an dieser leidigen Tatsache, die gelegentlich auch verbrannte Bratwürste und versottene Nudeln zur Folge hatte, auch das «Blaue Träublein» seinen Anteil hatte. Das stand hart außer der Kirchenmauer und hängte sein schmiedeisernes blaues und goldverbrämtes Schild dem Pfarrer jahrein, jahraus vor die Nase. Ein freundlicher Wirt und viel öfter noch ein freundliches Töchterchen standen allzeit im Türgericht und schauten nach dem Wetter aus. Und wenn sich dann die Figur des Pfarrherrn vorüberschob, konnte man einerseits an runde Sommerwolken und anderseits an zärtliche, leuchtende Sterne denken, darüber angenehm miteinander parlieren und so eben die siebente Abendstunde samt Bratwurst und Nudeln mühelos vergessen. Jeannette hatte sich damit abfinden müssen. Häuften sich diese Verspätungen, so kannte sie Gegenmittel: Salz, Zichorie, Zwiebeln in Fülle, Mangel an Schuhwichse verdarben auf einmal Boppens Lebenslauf, und auch die weißen Bäffchen, die er zur Predigt in den Hals schob, schienen dann Glanz und Stärke zu verlieren. –

Ab und zu hörte man, daß der Pfarrer im «Blauen Träublein» wieder einmal über geringe Entlöhnung der Geistlichen im allgemeinen und besondern lamentiert habe; um Ostern herum brachte er regelmäßig dieses Thema auch von der Kanzel aus mehr oder weniger verblümt zur Sprache, weil am zweiten Sonntag nach Ostern die traditionelle Kirchenrechnungsgemeinde stattfand. Die Bauern hatten den Spaß längst gemerkt: «Wenn man zu wenig zu arbeiten hat, kommt man eben auf derlei unvernünftige Gedanken, Herr Pfarrer!» hatte ihm einmal einer zu bedeuten gegeben. «Schließlich habt Ihr ja weder Weib noch Kind, und die Jeannette frißt auch nicht allzuviel Heu!»

Nein, Luxus konnte man Friedrich Johannes Bopp nicht vorwerfen. Das Klavier war längst abbezahlt; der Weinkeller sei auch nichts Besonderes, hatte ein Maurer verraten; die sommerliche Ferienreise führte ihn kaum weit von seiner Gemeinde weg, und der Toilettenaufwand war bescheiden.

Der einzige Luxus des Pfarrers bestand eigentlich nur aus einem Tier, einer Katze genauer gesagt, wie sie im ganzen katzenreichen Dorf Binz am Büchel in keinem zweiten Exemplar vorkam. Der Pfarrer hatte sie vor Jahr und Tag von einer Ausstellung mit nach Hause gebracht. Als er das Gitter öffnen wollte, war die Jeannette hinterwärts zur Tür hinausgelaufen, und die Oberkläßlermädchen, die eben zur Unterweisung ins kleine Sälchen kamen, hatten ihre Nasen am Küchenfenster plattgedrückt. Zu Hause erzählten sie später, das fremde Geschöpf, ein braunschwarzes Raubtier von der Größe eines jungen Tigers, sei wie der bare Teufel stundenlang ringsum gesprungen. Zuerst sei es an den weißen Küchenvorhängen hinaufgeklettert wie ein Affe, von dort im Schwung auf den Kasten, vom Kasten auf den Herd, vom Herd wie der Blitz unter Tisch und Stuhl und Bank und wieder in einem Hui in die Vorhänge hinaufgesprungen, und bei dieser satanischen Jagd seien sämtliche Tassen, Kannen und Pfannen, und was nicht niet- und nagelfest war, auf den Boden gefegt worden. Auch ein halbes Dutzend Eier, die das Tier dann zwischenhinein aufgefressen und aufgeschleckt habe. Die Jeannette sei stauchenbleich unter der Tür gestanden und habe gejammert, sie kündige augenblicklich, niemand könne ihr zumuten, mit einem Gorilla zusammenzuwohnen. Die Kinder hatten das Wort aufgeschnappt, und es hatte im Dorf darob ein großes Staunen und Reden angehoben. Das Tier war sodann drei Tage völlig unsichtbar geworden und endlich am vierten Tage zahm und windelweich miauend zu Jeannettens Füßen gekrochen. Vom Tag an war aus dem Gorilla ein friedlicher Siamkater Pascha geworden, der stundenlang in der Sonne lag und keinem Menschen etwas zuleide tat. Nicht einmal den Katzen, die etwa auf der Mauer auftauchten und blinzelten; denn ein unbarmherziger Tierarzt hatte sich in früher Jugend an dem Kater vergriffen, und von all seiner katerlichen Herrlichkeit war ihm, abgesehen von Wuchs und Farbe und glänzendem Pelz, nur der pompöse Name Pascha geblieben, der mehr Fassade als Inhalt war. Die Dorfkätzchen hatten das auch bald genug heraus und gaben sich keine Mühe mehr, sondern rümpften die rosenroten Nasen und gingen wieder mit ihren Dorfkatern spazieren. Pascha aber lag im Sofawinkel und studierte den Zeitläuften nach.

Einmal freilich hatte sich der Kater heimlich in die Kirche geschlichen, sich während der Predigt auf dem Taufstein häuslich niedergelassen und mit seinen strahlend blauen Augen die Gemeinde gemustert, ohne daß der Sigrist sich getraut hätte, das Tier zu fassen. Gelegentlich hockte es auch auf dem Gesims eines der Kirchenfenster, zu denen ein breiter Mauergurt mit Efeustauden und Spatzennestern führte, schaute durch die halbblinden Scheiben ins Innere oder drehte sich mit einem Ruck um, so daß während der ganzen Predigt nur das Hinterteil mit dem wedelnden Schwanz sichtbar war. Anrühren ließ sich Pascha nur vom Pfarrer und seiner Haushälterin; andernfalls machte er einen schauderhaften Buckel, streckte fauchend sämtliche hunderttausend spitzen Katerhaare wie eine Kratzbürste von sich und ließ die leuchtenden großen Augen rollen, daß jedermann wußte, was zu tun war. Die Katze habe in frühern Jahren einem siamesischen Tempelherrn zugehört, zum mindesten ihr Urgroßvater, hatte der Pfarrer einmal im «Blauen Träublein» erzählt, und sie sei lammfromm und ohne Falsch. Während der Wirt und sein Töchterchen wohlwollend nickend zuhörten, verschwand in der Küche auf unerklärliche Weise die geräucherte Wurst, die Friedrich Johannes Bopp eben bestellt hatte, und die möglicherweise dieselbe war, deren Rest Jeannette anderntags im Hausgang fand. Jedenfalls gab es in Paschas Leben dunkle Punkte.

An diesem Sonntagmorgen, während nun der

Pfarrer den memorierenden Spaziergang machte, schlief Pascha noch den Schlaf eines gesunden und von keinen Skrupeln geplagten Katers. Bopp wanderte gedankenvoll seinen Weg, blickte ab und zu auf den weißen Zettel in seiner Hand, machte einen kurzen Halt und spazierte weiter. Aber wenn ihm jeweils die Vorderseite des Pfarrhauses mit dem abgefallenen Verputz in die Augen kam, wandelten sich Apostel und Engel in seltsamer Raschheit zu Kirchenpflegern, und er sah sie leibhaftig vor sich, alle diese geizenden und rappendrehenden Binzambüchler, denen er so oft vergeblich um den Bart streichen mußte, ohne daß Verputz und Gartentor repariert wurden. Da war der Präsident, dieser alte Wichsefabrikant, der ob dem Rückgang seiner Bilanz den Blick für alles andere verloren hatte; dann der Hirschenwirt, dem er zu wenig Ehre antat; dann ein abgetakelter Oberst, dem keine Predigt scharf genug war; ein Schneider, dessen Westen ihm, dem Pfarrer, nach unerforschten Naturgesetzen stets an den Hals hinaufrutschten; zwei Bauern, die ja und amen zu sagen hatten; ein Krämer, der in einem fort über die Migros schimpfte und dabei Kurzwaren verkaufte, die ihm eines dieser offiziell verfluchten Einheitspreisgeschäfte billigst lieferte. Nicht zu vergessen der Gärtner Schang, der über einen kurzweiligen Sprachfehler verfügte und beim vorgeschriebenen alljährlichen

Unterweisungsbesuch nichts zu sagen wußte als dies: «Wischt Ihr, Herr Pfaarer, scho frech, wie dische Gofen heutschutag schind, scho frech schind wir denn doch nie geweschen. Aber ich schag immer, esch kommt schicher viel auf den Pfaarer an. Nichtsch für ungut!» Ja, so waren diese Herren Kirchenväter. Leider war der alte Maurermeister aus der Kirchenpflege herausgefault, sonst wären Mauern und Wände längst in anderm Zustand.

Drehte sich Fr. J. Bopp aber wieder von der abgeblätterten Fassade ab, dann verschwanden die dörflichen Apostel aus seinen Gedanken. Dann sah man ihn nachdenklich wieder weiterspazieren, und nur das leichtbeseelte Spiel seiner Hände, die bald sanft beschwörend durch die Luft fuhren, dann mit dem Zeigefinger warnend in die Morgenluft stachen, um gleich darauf in geballter Faust erdwärts zu fahren, worauf sie wieder leicht und in Absätzen aufwärts stiegen und mit offenen, gütig gespreizten Fingern die Sätze plausibel machten – nur dieses Spiel seiner Hände ließ den Sigrist erkennen, daß sein Herr nicht gestört werden wolle. So lüpfte er denn, als er an diesem Morgen dem Turm zu schlurfte, nur das Käppchen, worauf Bopp etwas geistesabwesend dankte. Während nun die Betglocke hell und fröhlich zu läuten anfing und der Himmel aus dem schimmernden Farbenspiel des Frühlichts in das standhaftere Tagesblau überzugehen begann, wanderte der Binzambücheler Pfarrer in Gedanken den Weg des verlorenen Sohnes, wie er aufgezeichnet ist im Evangelium Lukas im 15. Kapitel. Er ließ den Frechling, der seinen alten Vater schon lebenden Leibes beerben wollte, mit vollem Beutel hinausziehen ins fremde Land, ließ ihn all seine Güter vorschriftsgemäß verprassen und in schlechter Gesellschaft trinken und tafeln, daß es eine Art hatte. Man durfte an Forellen, an Fondue und Fendant denken, in einer spätern Steigerung vielleicht auch an gemästete Kapaunen, Hummern, Austern und Champagner, und mit etwelcher Vorsicht auf den Alkohol und auf die Sümpfe der großen Städte hinweisen, die so manches Landkind auf die schiefe Bahn bringen. Anschließend kam das Fiasko, so daß der von den irdischen Lastern gepeinigte arme Teufel auf dem Acker eines Bürgers die Säue zu hüten hatte und seinen magern Bauch mit Trebern füllte, obschon sie ihm niemand gab. Er schilderte, und blieb dabei vor der Schuttablagerungstafel stehen, wie der Sohn nun in sich ging und sich bekehrte und all seine Sünde sozusagen auf den Komposthaufen warf, und ließ ihn nun müde und still wieder heimkehren zu seinem Vater, zerknirscht und reumütig von ganzem Herzen. Das beste Kleid wurde geholt – hier machte Bopp einen Knoten ins Nastuch, der ihn an einen abgesprungenen Rockknopf erinnern sollte –, Fingerringe und neue Schuhe ließ er kommen, und das gemästete Kalb wurde geschlachtet. Mit Ernsthaftigkeit, aber auch mit einem roten Kopf und steifen Ohren, ließ er den ältesten Bruder über die Felder kommen und nach Noten über die Festivitäten des Empfangs murren und reklamieren: «Nun, da dieser Sohn gekommen ist, der sein Gut mit Huren verschlungen hat, hast du ihm ein gemästetes Kalb geschlachtet!» – Hier fuhr sich Fr. J. Bopp mit dem Finger an die Nase und sah über die Kirchenmauer, wo das geschmiedete Träublein im Morgenwind schwankte. Das Textwort war zu stark. Er würde von leichtsinnigem Weibervolk reden. Das Mannsvolk würde dies leicht verstehen und die Frauen hätten nichts zu bemängeln. Mit weitausholenden Gebärden und Schritten formulierte er nun die Segnungen eines braven, gut bürgerlichen Elternhauses, die Früchte einer gesunden Familienerziehung, die Fürsorge des Staates, und ließ überall die väterliche Liebe, die alles versteht und alles verzeiht, wie Silberschein durchschimmern. Und schließlich predigte Bopp unter der eingemauerten Kanonenkugel ein freudenvolles Ende mit dem Hymnus der Engel, die mehr Freude hätten an einem büßenden Sünder denn an neunundneunzig Gerechten, die der Buße nicht bedürften.

Hier verschnaufte Friedrich Johannes Bopp. Er sah über die graue Mauer weit hinaus ins grüne

Land, das im Glanz der Morgensonne erwachte. Der Wald stieg aus seinen Nebelschleiern, die gewellten Konturen langer Hügelketten traten hervor, weit drüben jenseits eines silbernen Flußlaufes lagen die hellen Felsbänder der Juraberge. Der Wind trug den Glockenklang eines unsichtbaren Dorfes zu ihm, weit über alle Fluren, und ganz in der Ferne schimmerten wie ein schmaler, weißlicher Strich die langen Gebäude der kantonalen Strafanstalt. Über allem aber hing blau und herrlich und im Sonntagsstaat der Himmel.

Friedrich Johannes Bopp nickte in stiller Zufriedenheit. Man mochte sagen, was man wollte, Binz am Büchel war ein schöner Fleck Erde! Auch wenn die Tapeten schief hingen und das Gartentor lotterte. Mit besänftigtem Gemüt wandelte er nun wieder an Kohl und Rosen vorüber dem Pfarrhaus zu. Auf dem Frühstückstisch saß der Kater, der durch diesen Sonntagsanfang heiter gestimmt, bereits unternehmend den Bart putzte, als ob Besuch zu erwarten wäre.

*

Der Direktor der kantonalen Strafanstalt war ein humaner Mann. Nicht daß er, wie man es sich etwa aus amerikanischen Gefängnissen erzählen lassen kann, für seine 300 Untergebenen allmonatlich einen Hausball hätte arrangieren lassen und was so mehr Sachen sind. So weit ging seine Humanität nicht, schon der Aufsichtskommission wegen nicht. Aber er versuchte doch, die Härten der Gefangenschaft nach Möglichkeit zu mildern, und vermied es, die Stacheln der Paragraphen jeden zweiten Tag neu zu wetzen und als Skorpione in die 24 Stunden des Tages einzutreiben. Du liebe Zeit, wenn nun einmal so ein armer Teufel in einem Paket seiner Mutter oder seiner Liebsten ein Schächtelchen Zigaretten entdeckte, das von der Kontrolle offenbar übersehen worden war? Oder wenn in einer Einzelhaft eine Photographie hing? Oder wenn einer in den ersten Wochen nach seiner Einlieferung die Marseillaise pfiff, weil er kein anderes Mittel wußte, um seine Unzufriedenheit mit der herrschenden Gesellschaftsordnung zu dokumentieren? Ein Mensch, der raucht und pfeift, tut indessen nichts Böseres, dachte Direktor Haller und wußte, daß auch die endloseste Rebellionsmelodie einmal ein Ende findet.

«Bedenken Sie!» hatte er einmal zu einem rapportierenden Wärter bemerkt: «In jedem Menschen ist Gutes und Böses. Es stimmt nicht: Der Mensch ist von Natur gut! Das ist dummes Zeug, bestenfalls ist's ein schöner Gedanke für einen Poeten. Das Böse hockt auch drin. Aber Sie und ich, Hand aufs Herz, sind wir ganz allein schuld, daß

das Böse kleiner geworden und der anständige Mensch in uns gewachsen ist? Zugegeben, bei unsern Leuten scheint's oft umgekehrt geworden zu sein, aber das braucht man ihnen nicht täglich unter die Nase zu reiben. Man muß den Rest des Guten in ihnen estimieren und den Willen dazu kräftigen.»
Als der Direktor im ersten Jahr der Aufsichtskommission proponiert hatte, die ganze Tütenkleberei und Besenbinderei aufzugeben und dafür ein paar Dutzend Hektaren Boden im großen Riet aufzukaufen, da war diesen alten Herren, ehrwürdigen Großräten und pensionierten Beamten, beinahe der Verstand stillgestanden. Aber Haller hatte weitergeredet: «Ich habe nicht im Sinn, Tütenklebeautomaten zu züchten, sondern aus Menschen, die auf Abwege gekommen sind, wieder brauchbare Geschöpfe zu machen. Dazu ist Sinn und Zweck einer Arbeit nötig. Die Arbeit selber darf und soll streng sein. Aber sie muß Abwechslung mit sich bringen und sie muß mit dem Leben in stetem Zusammenhang bleiben. Sie muß interessant sein und sie muß Werte schaffen, die nicht nur mit Geld eingeschätzt werden können. 1000 Papiertüten Fr. 1.50! Das führt zur Idiotie!»
Nach einem dreijährigen Kampf verschwanden die Tüten. Nach zehn Jahren sprach man weitherum von den landwirtschaftlichen Musterkulturen der Strafanstalt. Was wichtiger war: die Ent-

lassenen kamen nicht mehr zurück, sie fanden den Anschluß an das Leben wieder.

Die dichten Kordons der Wärter, die geladenen Gewehre und zebrastreifigen Kleider waren längst verschwunden, das Haarschneiden zur vierteljährlichen Prozedur geworden. Wenn ein Sträfling ins Büro beordert wurde, stand nicht mehr der Wärter mit entsichertem Revolver neben ihm, sondern der Direktor ließ den Mann absitzen und redete mit ihm, wie man sich mit Menschen unterhält, denen man umständehalber vielleicht nicht eben ganz angenehme Dinge zu sagen hat, die man aber mit diesen Dingen nicht gerade bombardiert und über den Haufen wirft. Und beim Abschied hatte er schon manchem auf die Schulter geklopft: «Huber, eine Dummheit kann jedem von uns passieren. Wir zum Beispiel sind beide ins Zuchthaus geraten, ich noch vor Euch. Aber Ihr habt Glück und kommt wieder heraus. Also habt Ihr Eure Dummheit hinter Euch und fertig und fort und fangt ein neues Leben an. Und wenn Euch der Teufel wieder plagen will, so denkt an mich und macht mir keine Schande. Könnt mir auch etwa einen Brief schreiben, den weiters niemand zu sehen bekommt, auch kein Gericht. Schimpft nicht über das Schicksal. Das Schicksal ist meist nichts anderes als die Summe unserer Dummheiten. Ich hab's gut gemeint mit Euch, nun müßt Ihr's auch selbst mit Euch gut meinen!»

So einer war Direktor Haller.

Es sei auch noch beigefügt, daß er es gegen den Willen der Kommission fertiggebracht hatte, daß jeden Sonntagmorgen Butter aufgetischt wurde; daß sich die Blechteller in braune Steingutteller verwandelt hatten, und daß im Lesezimmer Zeitungen sämtlicher politischer Richtungen aufgelegt wurden. Nur die kommunistischen fehlten. «Wir haben hier ohnehin alles geteilt wie die ersten Christen und bilden insgesamt eine einzige große Kommune. Der übrige Kommunismus aber liegt mir nicht, und an einem Ort muß ich doch meinen harten Schädel durchdrücken!»

Einmal hatte sich in der Großen Kommission eine reaktionäre Mehrheit gebildet, die energisch gegen diese modernen Grundsätze lamentierte. Da war er aufgestanden, hatte die flache Hand auf den Tisch gehauen: «Wer ist hier Fachmann, Sie oder ich, Herr Kantonsrat? Sie kommen jedes Jahr zweimal zu uns und fertig; ich aber führe die Anstalt seit 20 Jahren und liefere, à propos!, jährlich 300000 Franken in Heu, Käse und Butter und an Vieh an den Staat ab. Die Tütenkleberei hat 10000 Franken abgeworfen!»

Mit diesem Hinweis hatte er die Opposition zum Schweigen gebracht; und als er noch lächelnd beigefügt hatte: «Wenn Sie mich entlassen, so mach' ich vis-à-vis eine Konkurrenzanstalt auf und dann erleben Sie blaue Wunder!», da hatten die Herren ebenfalls gelächelt: «Man muß ihn nehmen, wie er ist.»

Am Abend aber hatte ein riesiger Blumenstrauß auf seinem Tisch gestanden: «Schönen Dank für die Bombenrede!» Er hatte nie herausgefunden, wieso die «Bombenrede» derart rasch zu den Sträflingen gedrungen war.

Ein paar Monate später hatte er seine Ansichten auf einem internationalen Kongreß vertreten und glänzenden Erfolg damit geerntet. Die Zeitungsberichte hatte er vervielfältigen und den Herren der Kommission als Chargébriefe zustellen lassen. Seither hatten sie ihn in Ruhe gelassen und waren sogar stolz auf ihn: «Ja, unser Direktor! So einen gibt's in der ganzen Schweiz nicht! Wir sind ihm aber auch überall entgegengekommen!» –

An diesem Sonntagmorgen nun, während zwei Wegstunden von ihm weg der Pfarrer von Binz am Büchel den Lebensweg des verlorenen Sohnes memorierte, ließ Direktor Haller fünf Sträflinge zu sich kommen. Er hatte sich die Sache wohl überlegt. Akten und Papiere lagen vor ihm auf dem Pult.

«Oberholzer Johann.»

«Näf Bernhard.»

«Frauenfelder Gabriel.»

«Bachmann Kaspar.»

«Kupper Theophil. – Stimmt?»

Er ging einigemal schweigend auf und ab, und die Sträflinge hatten noch keine Ahnung, in welche Richtung der Schuß gehen sollte.

Endlich setzte sich der Direktor.

«Ja – ich bin soweit zufrieden mit Euch, sogar recht ordentlich zufrieden. Es sind bald zehn Jahre her, da Ihr eingetreten seid. Es sind schwere Jahre gewesen, es stimmt, und Ihr wißt warum. Ihr werdet alle fünf in diesem Jahr noch, ein paar Monate auf oder ab, das Haus verlassen und in die Freiheit zurückkehren. Das wird nicht ganz leicht sein. Die Welt ist nicht mehr so wie vor zehn Jahren, sie ist noch viel verrückter geworden. Aber sie hat auch, und das ist für Euch die Hauptsache – sie hat auch viel vergessen. Wenn Ihr Euren Mann stellt, wird sie Euch wieder aufnehmen. Nicht mit Sing und Sang und Gloria. Das hat sie überhaupt verlernt. Aber sie wird Euch allen das Stück Freiheit wiedergeben, das Ihr zehn Jahre lang, und oft so bitter, entbehrt habt. Das Wort vom Freisein hat Euch manchmal geplagt, ich weiß es. Und es wird Euch komisch vorkommen, wieder frei und ungehindert durch die Straßen zu spazieren, wohin es Euch eben paßt und ohne zu fragen, zu kaufen und zu verkaufen, und zu arbeiten wie einst.

Ich habe mir diese Dinge überlegt und mache Euch einen Vorschlag. Ihr sollt heute den ganzen Tag freien Ausgang haben. Ich habe Eure Zivilkleider ordentlich herrichten lassen. Ihr könnt also tun und lassen, was ihr wollt, wie jeder andere freie Staatsbürger.»

... Er räusperte sich. «Es ist jetzt halb 7 Uhr. Jeder bekommt aus seinem Depot sieben Franken, damit Ihr essen und trinken könnt. In einer halben Stunde könnt Ihr gehen, allein oder zusammen. Aber um 7 Uhr abends seid Ihr wieder hier im Büro. Ich werde nicht nach dem Wo und Wie und Was fragen. Aber eines verlange ich von Euch: Daß Ihr mir keine Schande macht, verstanden! Ich trage die Verantwortung für Euch. Wenn einer eine Dummheit macht, so tut Ihr das nicht nur mir zuleide, sondern Euern Kameraden hier im Haus; dann müssen wieder andere Saiten aufgezogen werden. Und wenn einer vielleicht auf Abwege kommen will, der Teufel steht hinter jedem Hauseck parat, das wissen wir, dann sollen ihm die andern helfen. Einer trage des andern Last. Das gilt schon für die bösen Gedanken. Es steht viel auf dem Spiel für jeden – denn wie man Euch vor zehn Jahren erwischt hat, so würde man Euch auch morgen wieder erwischen. Die Polizei ist nicht dümmer geworden in dieser Zeit! Aber nicht daran sollt Ihr denken, sondern daß Ihr anständige Menschen sein wollt. Und nun also halten wir's so! – Der Alte zählt auf Euch!» –

Die Fünf wußten nicht recht, was sie sagen sollten. Sie hatten rote Köpfe bekommen ob der unerwarteten Rede des «Alten». Als er nun vollends den Rolladen emporschnellen ließ und der junge Sonntag mit all seinem Glanz durch die Fenster schien, stiegen ihnen beinahe die Tränen in die Augen.

«Habt Ihr noch etwas zu fragen?»

Kupper hob den Kopf: «Herr Direktor, wenn uns aber jemand kennt – und meint, wir seien auf und davon, und es gibt Geschichten? –»

«Es wird Euch niemand kennen. Keiner von Euch ist aus dieser Gegend. Zehn Jahre lang hat Euch niemand mehr in Zivil gesehen, und schöner seid Ihr auch nicht geworden. Und zudem werdet Ihr ja nicht im ersten Dorf sitzenbleiben. Zieht ein paar Stunden mit der Sonne, irgendwohin, wo Ihr noch nie gewesen seid. Legt Euch an einen Waldrand und schaut den Wolken nach. Und setzt Euch zu ordentlichen Menschen und eßt und trinkt mit ihnen, wie andere Leute. Ja? –»

Die Fünf nickten. Kupper verbeugte sich ein wenig und streckte dem Direktor die Hand hin:

«Wir danken Ihnen!»

«Auch das Gute muß gewagt werden», dachte er und legte die Papiere der Fünf sorgfältig wieder zusammen.

*

Die Fünfe, die nun abseits der breiten Landstraße auf einem Feldsträßchen die letzten Höfe und Vorwerke der Anstalt erreicht hatten, waren nicht eben gesprächig. Eine gewisse Gedrücktheit lag über ihnen.

An einem Wegweiser standen sie still. «Hier hört unsere Landwirtschaft auf!» meinte Oberholzer, «bis dahin hab' ich letzten Frühling gepflügt. Von jetzt ab fängt sozusagen die Freiheit an.»

«Und da mach' ich nun den Vorschlag, daß wir den alten Adam, den wir zehn Jahre wie eine Haut angezogen haben, abstreifen und nicht mehr dran denken. Heute sind wir nicht das, was wir die langen Jahre her waren, sondern – sondern –»

«Sondern wieder eben der andere alte Adam, sozusagen!» lachte Näf. Er war der Jüngste von allen, an die dreißig vielleicht.

Sie kannten sich längst, alle Fünfe, hatten oft genug miteinander gemäht und Heu aufgeladen, in Schöpfen und im Freien zusammen gearbeitet. Die zehn Jahre hatten unendlich viel Gemeinsames um sie gewoben. Und trotzdem kamen sie sich heute ein wenig fremd vor. Frauenfelder, der seinen Mund am wenigsten im Zaum hielt, konstatierte dies in aller Ruhe.

«Natürlich! Erstens macht das die andere Luft! Und zweitens schaut euch doch nur an – da der Kupper mit seinem pickfeinen Bankdreß versaut uns die Einheit!»

Kupper grinste; er kam sich selber merkwürdig vor. «Man hat mich seinerzeit mitten aus der Sitzung geholt. Übrigens wer weiß, wozu die Kluft noch gut ist? Gestreifte Hosen und Cutaway – wer weiß, werd' ich heute noch Hoteldirektor.»

Bachmann – der Älteste und wegen einer – jawohl, wegen eines abgebrannten Hauses, wie er sagte – eingesponnen, trug Hellgrau. «Es ist überhaupt nicht mein Anzug!» behauptete er. «Es muß eine Verwechslung passiert sein. Bügelfalten hat mir zwar die Frau auch immer zu weit außen gebügelt, genau wie diese da – aber den Stoff kenn' ich nicht.»

«Es fehlt nur noch der Spazierstock!» meinte der kleine Frauenfelder. «Wenn ich früher am Sonntag spazierenging, trug ich immer einen Stock. Überhaupt spazieren ohne Spazierstock ist nicht das Richtige; man kommt einfach nicht in die rechte Stimmung.»

Immerhin war man nach und nach doch in Stimmung gekommen, hatte gesungen und gepfiffen und einem Hühnervogel zugeschaut, der hoch im Blau seine schwingenden Kreise zog.

«Der hat's am schönsten! – »

Einmal kam ein Turnverein; weiße Burschen mit einem Trommler, der von weitem schon Lärm machte. Ohne ein Wort zu sagen, waren sie von dem Sträßchen verschwunden, nur Bachmann stand im letzten Moment still und ließ die Schar an sich vorüberziehen. Als man wieder beieinander war und an einer Wiese vorüberkam, da kommandierte er: «Halt!»

Der hellgraue Rock flog ins Gras, die Weste und die Uhr extra wurden nebenangelegt.

«Ist dir nicht wohl?» spöttelte Frauenfelder. Aber der andere stellte sich nun in Positur und stemmte langsam, aber sicher, einen Handstand mit geschlossenen Beinen und kerzengerade. Nachdem er elegant mit einem kleinen Hupf wieder in Stellung gegangen war, sagte er wie nebensächlich: «Ehrenmitglied des Turnvereins von anno dazumal! Ob sie mich wohl noch anerkennen?»

«Dem wird jetzt nicht nachstudiert.»

Dann kamen zwei hübsche junge Mädchen in geblümtem Sonntagstaat vorüber. Man hatte sie etwas verlegen angestarrt und etwas Freundliches gemurmelt. Eine kehrte sich nach ein paar Schritten um, und als sie sämtliche fünf Augenpaare noch auf sich gerichtet sah, fragte sie lachend: «Wünschen Sie vielleicht eine Photographie?» – Oberholzer hustete: «Ja, warum nicht?» – Aber die Mädchen zogen weiter. «Akkurat so hat das Mädel ausgesehen!» sagte er mit rotem Kopf. «Welches Mädel?» – «Nun, ja, du weißt ja den Handel, ich hab' dir's mal erzählt in einer verrückten Stunde. Wenn's nicht mit jenem andern gegangen wäre, würde es heute noch leben und wär' wohl meine Frau.» Nach einer kleinen Weile fügte er bei und sah den beiden nach, die nur noch wie zwei Sommervögel über dem Wiesengrün standen: «Ob das Weibervolk heute wohl noch dieselbe Sorte ist?»

Eine Viertelstunde nachher kam, als sie eben die Landstraße kreuzten, ein Landjäger daher.

«Der geht uns einen Dreck an!» sagte Frauenfelder. Aber sie waren doch froh, als sie ihn hinter sich hatten.

«Dir hat er den Bankdirektor selig wohl angesehen?»

Kupper strich über den Cutaway: «Kleider machen Leute!»

Später kam ein Hund, und Näf verstand es, ihn mit einem kurzen Pfiff an sich zu locken. Der Hund, dem wohl in seinem Leben nicht allzuviel Gutes geschehen war, hielt geduldig still, als er von allen Fünfen gestreichelt wurde, und schwänzelte eine Zeitlang um sie her, als ob er einen Zucker oder sonst etwas Gutes erwarte. Dann aber sprang er plötzlich im Zickzack davon, irgendeinem Raben nach, der in der Ferne über die frisch gemähte Wiese stolzierte.

«So einen Hund hab' ich gehabt seinerzeit. Wie sie mich eingesponnen haben, hat er geheult wie ein Wahnsinniger. Der Polizist hat ihm einen Tritt in den Bauch gehauen, daß er auf die andere Seite geflogen ist. Aber ich find' den Kerl schon wieder, dann soll er etwas erleben!»

«Pst! Keine Dummheiten, Näf! Der Hund wird längst tot sein und der Polizist hoffentlich auch. Deswegen gibt's keinen Krach mehr! Kauf dir einen neuen Hund!»

Beim nächsten Hügel hatten sie sich auf den Rücken gelegt und Zukunftspläne geschmiedet. Der eine dies, der andere das. Sie brauchten sich nicht anzusehen dabei.

«Glaubst du, ich bleib' in der Schweiz, wo mich jeder Esel angafft? Irgendwohin fort!»

«Kannst dir denken, heutzutage! Wo du siebnerlei Schriften haben mußt, sonst kommst du auf dem Schub wieder heim.»

«Ich geh' nach Zürich, da frißt mich keiner. Mein Meister ist ein vernünftiger Mensch gewesen –»

«Und wenn er sich verändert hat? – –»

«Ich hab' meiner Frau schon geschrieben; sie hat sich alle Jahre hindurch Mühe gegeben mit dem Geschäft – und die Buben kennt ihr ja! –»

Alle kannten die kleine, verhärmte Frau, die ab und zu mit zwei Knaben zu Besuch gekommen war.

Es wurde allmählich still. Weiße Wolken zogen über den Himmel, ein Schwalbenzug, eine Fliegerpatrouille.

«Es wird's jeder schwer haben, wenn er heimkommt wie der verlorene Sohn aus der Bibel.»

Da sprang Frauenfelder auf, steckte sich ein Margritenblümchen ins Knopfloch: «So, das hab' ich zehn Jahre lang nicht mehr gemacht, und jetzt sind wir nicht da, um Trübsal zu blasen, verstanden! Irgendein Loch wird sich für uns auch auftun; arbeiten hat uns der Alte gelehrt, und das hat uns allen gut getan. Ich hab' keine Angst vor dem Leben! Wir sind doch keine Scheißhunde geworden, oder? Also los!»

Der entschlossene Ton des Jungen steckte die andern an. Kein Mensch hätte sich etwas Übles gedacht über die Fünfe, die, nun kräftig ausschreitend, einem Dorf näher kamen, das eine Verkehrstafel als «Binz am Büchel» bezeichnete.

«Binz? Da kennt mich kein Bein! In Binz bei Zürich hatte ich einen Schatz – aber dieses Binz da? Nein.»

Sollte man wie ein Kegelklub oder eine Kommission mitten durchs Dorf laufen? Vielleicht ein Znüni genehmigen in einem «Sternen» oder so?

Über die Obstbäume, die das Dorf noch vor ihnen verbargen, läuteten mit vollem Klang die Sonntagsglocken.

«Das wäre eigentlich keine üble Idee!»

«In die Kirche hineinhocken?»

«Wenn wir während des Gottesdienstes in den ‚Sternen' hocken, fällt das höchstens auf!»

Man ratschlagte.

«Eine richtige Orgel hab' ich sowieso schon lange nicht mehr gehört.»

«Vielleicht haben sie auch nur so eine Quietschkommode wie in der Anstalt?»

«Jedenfalls wäre es kühl – und die Lieder können wir auswendig, es sind ja immer dieselben: ‚Großer Gott, wir loben dich' und ‚Dir will ich danken bis zum Grabe'!»

«Fünf Schelme auf dem Pfad der Tugend!» spottete Oberholzer, als sie der Kirche zusteuerten. Er war früher eingeschriebenes Mitglied der sozialdemokratischen Partei gewesen.

*

Als die letzten Klänge des Orgelspiels in den Nischen und Winkeln der Binzeler Kirche verhallt waren und die Gemeinde sich eben mit einigem Geräusch erhob, öffnete sich die schwere Eichentüre noch einmal weit, um ein paar Nachzügler einzulassen. Die Kirchgänger der hintersten zwei Bankreihen drehten sich um; es gab alleweil Nachbarn, die mit ihrem Halsbändel nicht beizeiten fertig wurden! Aber sie stutzten und sahen einen Augenblick länger rückwärts. Es waren fünf Fremde, die eingetreten waren und die nun auf den Fußspitzen die paar Schritte bis zur letzten Bankreihe taten, worauf sie sich nicht ohne einige Komplimente zum Sitzen nötigten. Wahrhaftig, es waren ein paar gänzlich unbekannte Herren, keine Touristen, die die romanischen Bogen oder Gustav Adolfs Kanonenkugel besichtigen wollten, das sah man sofort, sondern Männer, die aus einem andern Grund sich diese Sonntagspredigt anhören wollten. Aha – es gab da nur eine Möglichkeit, eine einzige –

Friedrich Johannes Bopp, der bereits auf der Kanzel stand, hatte sie auch eintreten sehen. Im ersten Moment dachte er, verärgert über den Goldrand des Gebetbuches blickend: «Es sind immer dieselben!» Das heißt – er nahm die Brille ab und wischte sich mit dem Mittelfinger die Augen und setzte sie langsam wieder auf – das heißt, nein, es waren heute nicht dieselben wie an andern Sonntagen. Es schienen überhaupt keine Binzambücheler zu sein? Doch blieb dem Pfarrer keine Zeit zu weitern Überlegungen, denn die Gemeinde wartete stehend auf sein Wort, und so verlas er denn das Gebet und verkündigte das Lied, nicht ohne der Gemeinde im letzten Augenblick statt der vorgesehenen zwei, ihrer fünf Strophen vorzuschreiben. «Ich muß irgendwie Zeit haben!» schoß es ihm durch den Kopf. Und während Frauen und Männer und die Konfirmandenklasse unter der Kanzel getreulich und mit Inbrunst sangen, musterte Bopp, vorsichtig über die Kanzelbrüstung visierend, die

Gäste. Einer trug Schwarz, die andern waren grau und dunkelblau gekleidet. Der kometengleich aufgetauchte Gedanke, es handle sich um fremde Kirchenpfleger, verflog rasch wieder. Kirchenpfleger tragen in derartigen Fällen schwarze Kleider. Aber immerhin, es saßen fünf fremde Herren in der Kirche. «Ich frage mich, aus welchem Grund?» Bopp ließ keinen Blick von ihnen. Sie sangen, und sangen wohlverstanden sämtliche fünf Strophen auswendig! Welcher gewöhnliche Bürger brächte das fertig? Sie mußten also doch Kirchenpfleger sein? Amtsbrüder waren es nicht. Sie mußten mit dem 9-Uhr-Zug gekommen sein; der kam von reichen Dörfern her. Vielleicht aus einer freisinnigen Pfarrei, wo man auf schwarze Schwalbenschwänze und Zylinder wenig Wert legt?

Bopp rückte für jeden Fall das dicke Brett, das ihm zum «Schemelipfarrer» verholfen hatte, ganz an den Kanzelrand. Es handelt sich um eine Äußerlichkeit, auch Napoleon war nur 161 Zentimeter hoch. Aber einer der fünf Herren hat sicherlich die Pflicht, auf Äußerlichkeiten aufzupassen. Also nicht zu oft mit dem Finger über die Nase reiben, nicht zu oft die Arme im Raum verwerfen! Nicht zu viel Fremdwörter! Die Predigt saß, dessen war er sicher. Der verlorene Sohn war ein ergiebiger Text. Gottlob hatte er nicht wieder einen dieser unmöglichen Offenbarungstexte gewählt. Bopp wurde ruhiger.

Während der letzten Strophe faltete er still die Hände. Er hatte die Arbeit in dieser Gemeinde stets nach bestem Wissen und Gewissen getan, mochte man ihn nun in ein anderes, größeres Wirkungsfeld berufen, wohlan! Er war bereit und wollte es aus der Hand des Lenkers auch seines bescheidenen Landpfarrerlebens als Geschenk entgegennehmen. Mochte Gott ihm in dieser entscheidungsvollen Stunde helfen und es ihm gelingen lassen.

Das Nachspiel samt all den eigen erfundenen Schnörkeln und Variationen des Organisten verhallte. Die Gemeinde hatte sich zurechtgesetzt; es hatte etwas länger als sonst gedauert, denn jeder hatte sich noch einmal unauffällig nach rückwärts gedreht. Und keiner war in der Kirche, der nun nicht wußte: «Eine fremde Kirchenkommission will uns unsern Pfarrer wegholen!»

Der Pfarrer schneuzte sich kurz. Was tut der Mensch nicht, um Zeit zu gewinnen?

Dann sah die Gemeinde, wie er kerzengerade und beinahe etwas größer als sonst auf der Kanzel stand. Mit kräftiger Stimme verlas er die Textstelle, das Gleichnis vom verlorenen Sohn von A bis Z. Die Gemeinde war wohl zufrieden damit. Jeder kannte diese Geschichte, jeder kannte auch irgendeinen derartig verlorenen Sohn, man brauchte ja nur bei den Nachbarn herumzuschauen! Die Geschichte war menschlich begreiflich und nicht schwer verständlich. Verständlicher als z. B. dieses Kapitel der Offenbarung, an dem sich der Pfarrer vor wenig Wochen mit den apokalyptischen Rossen und Reitern derart vergaloppiert hatte, daß er erst gegen Mittag fertig geworden war.

Friedrich Johannes Bopp begann zu predigen. Man sprach von dieser Predigt noch nach Monaten.

Schlicht und einfach fing er an, schilderte das Familienleben dieses Vaters und seiner Söhne, als ob es sich um irgendeinen wohlangesehenen Bauernhof handle, wie sie zu Dutzenden in der Gegend zu finden waren. Dann ließ er wie durch einen Fanfarenstoß den unverschämten Erbteilungswunsch des Jüngern in diesen Frieden fahren. Ließ diesen rebellischen Ruhestörer, der so ganz aus der Familie schlug, ausziehen aus dem sichern Haus des Vaters, hetzte ihn durch alle Länder der Welt. Aus dem harmlosen Kartenspiel des Manuskriptzettels wurden nun Spielhöllen an blauen Gestaden, aus dem liederlichen Weibsvolk großstädtische Dirnenviertel, aus ein paar landesüblichen Flüchen und Holzfreveln ward eine Kette von Vergehen gegen sämtliche Gebote der Sittlichkeit. Ein Schlemmen und Prassen hub an, der Champagner floß kübelweise, und Gelage taten sich auf, daß den Binzambüchelern, die solche Dinge höchstens von einem Kinobesuch kannten, das Wasser im Mund zusammenlief, die Männer an Verbotenes und die Frauen an Kochrezepte dachten und der Sigrist kopfschüttelnd sich fragte, woher der Herr Pfarrer nur all diese Geschehnisse wüßte.

Aus diesem mit glühenden Farben geschilderten Lotterleben eines mit allen Sinnen Geld und Gut verschriebenen Menschen ließ der Pfarrer nun folgerichtig die Konsequenzen ziehen, das dicke Ende mit Schuldenwirtschaft, Lug und Trug und Todesängsten. Er ließ den Verlorenen mit beiden Ellbogen die grauen Mauern ungeheuerlicher Zuchthäuser streifen, und es hing an einem Haar, so hätte er ihn Straßenräuber und Mörder werden lassen, um dermaßen a) die Folgen eines greulichen, von Gott abgewendeten Lebenswandels ad absurdum zu führen, b) die Versuchungen und Stricke der Reichen zu geißeln und c) eine tragfähige Basis zu bekommen, auf der die Bekehrung und Heimkehr um so erquicklicher aufzubauen war. Während er so in kriminelle Gebiete vorstieß, kam ihm aber in den Sinn, daß 1. Raubmörder vermutlich schon vor 2000 Jahren geköpft worden wären, oder 2. zum mindesten eine Rückkehr ins Vaterhaus zeitlich kaum tragbare Verschiebungen ergeben hätte, und so ließ er's denn haarscharf bei Lug und Trug bewenden.

Die Binzeler atmeten auf. Sie waren an derart kräftige Kost kaum gewöhnt; was war nur in den

Pfarrer gefahren, der sonst so friedfertige und zufriedene Predigten hielt? Auch die fremden Herren schienen von der gewaltigen Sprache aufs stärkste beeindruckt; kaum daß sie einander anzuschauen wagten. Bopp erschrak beinahe, als er über den Brillenrand in die Tiefe des Schiffes blickte; die Kommission saß da wie geprügelt und in tiefster Seele getroffen. Einer wischte sich wahrhaftig den Schweiß von der Stirn.

Da machte Pfarrer Bopp eine große, wohlberechnete Kunstpause – um dann, indem er mit beiden Händen den Kanzelrand festklammerte, auf die Endergebnisse einer derartig gottlosen Lebenshaltung zu sprechen zu kommen. Er hatte hier Erfahrung genug aus den Sitzungen der Armenpflege und andern Quellen, und so gelang es ihm mit Leichtigkeit, das Fiasko des nun total auf den Hund gekommenen Sohnes mit herzbewegenden Worten zu schildern. Wenn es am Frühmorgen noch die mehr oder weniger bekannten Treber gewesen waren, an denen der Verlorene sich jämmerlich genug satt essen konnte, so nannte er nun von der Kanzel herunter das Kind beim Namen und ließ den armen Teufel in Verzweiflung die Kübel der Schweinekost durchsuchen und harte Käsrinden, schimmliges Brot und dürre Wursthäute als letzten Überrest eines Prasserlebens finden, so daß die Frauen, die eben noch an Brathühnern und fetten

Kapaunen ihre Freude gefunden hatten, sich beinahe ekelten, und die Männer statt an Champagner an linden Most und Tropfbier denken mußten. Einer der fremden Kirchenkommission putzte Tränen aus den Augenwinkeln, ein anderer zog jeden Augenblick das Taschentuch. In diesen Minuten, es hatte jahrelang gedauert, begriffen die Binzambücheler endlich, was für ein geistes- und wortgewaltiger Herr ihr Pfarrer Bopp war. Und dieser Pfarrer sollte ihnen von irgendeiner wildfremden Gemeinde mir nichts, dir nichts, einfach so eines Sommersonntags weggeschnappt werden? Da wird man wohl noch ein Wort dazu zu sagen haben! Das wäre ja noch schöner! Das fehlte gerade noch, in diesen schlechten Zeiten auch noch diesen ausgezeichneten Pfarrer zu verlieren?

Friedrich Johannes Bopp hatte unterdessen den verlorenen Sohn die letzte Verzweiflung durchkosten lassen. Ein lebender Leichnam, mit Gott und der Welt und mit sich selbst zerfallen, saß er irgendwo im Elend der Fremde. Verstoßen, verlassen, vergessen! – Der Pfarrer sah in die Gemeinde hinunter. Es schien ihm, als ob die Augen der Väter und Mütter um Barmherzigkeit und Erlösung bäten. Er wußte, mehr als ein Sohn und manche Tochter aus diesem kleinen Dorf waren den Weg gegangen, den er eben gezeichnet hatte, viel Kummer und Herzweh lag über Familien. Nun freute er sich im Grunde seines pfarrherrlichen Herzens, all diesen Menschen, die Not und Mühen und Sorgen reichlich kannten und schon oft mit Gott und auch mit ihm selber gehadert hatten, die Umkehr, die innerliche Wandlung und Buße zu schildern und endlich auch die Rückkehr ins alte, liebe Vaterhaus. Er zog den Atem tief ein.

«Liebe Gemeinde!» –

Hier blieb er stecken. Denn die Gemeinde sah auf einmal aus, als ob sie ein einziges großes Gesicht hätte, das unisono zu lächeln und dann zu lachen begann. Er nahm rasch ein paar einzelne Köpfe ins Blickfeld: tatsächlich, sie lachten und waren doch seriöse Kirchgänger. Auch den Kirchenräten flog ein heller Schein über das Gesicht, dem Wichsefabrikant, dem Obersten und dem Gärtner Schang. Wie er gar unter die Orgelempore blickte – alles im Verlauf weniger Sekunden –, da verzogen peinlicherweise auch die Gesandten der fremden Behörde ihre Gesichter. Es mußte etwas passiert sein –?

Der Sigrist hastete über den Sandsteinboden, am Taufstein vorüber und winkte beschwörend mit beiden Händen: «Pst! Pst! Abe! Abe! Gsch! Gsch!» Wie Bopp sich ahnungsvoll umdrehte, da saß der Kater des siamesischen Tempelpriesters auf dem zweitobersten Absatz der Kanzelstiege, mit gesträußten Ohren, und schaute stolz aus dieser ungewohnten Höhe in das volle Kirchenschiff hinunter. Zwischendurch fuhr er sich rasch mit der schokoladebraunen Pfote über die Nase und sperrte den Rachen auf, daß man in seine tiefsten Tiefen hinunterblickte.

Der Pfarrer fluchte innerlich, unbedacht, aber kräftig. Sollte er sich mit dem Tier befassen oder die weitere Entwicklung dem Sigristen und damit dem Zufall überlassen? Er öffnete vorderhand das Kanzeltürchen, um Pascha zu beruhigen und ihn eventuell bis zum Schluß der Predigt in dem engen geistlichen Lokal einzusperren. Da aber in diesem Augenblick der Sigrist Melchior schnaufend die Treppe hinaufgestiegen kam, geriet der Kater zwischen zwei Feuer und sprang kurzentschlossen seinem Herrn auf die Schulter, machte einen Buckel und fauchte gegen den Sigristen. Dem Pfarrer blieb nichts anderes übrig, wollte er schon einen tollkühnen Sprung in die Reihe der Kirchenpfleger vermeiden, als das aufgeregte Tier sanft, aber bestimmt, von der Schulter zu nehmen, an die es sich mit allen Krallen klammerte, dann durch das Treppchen hinunterzusteigen und es in aller Form vor die Türe zu setzen. Worauf er wieder, nicht eben gelassen, aufwärts stieg. Er hatte Herzklopfen. Ein Stoßseufzer stieg zur Decke empor; jetzt galt es zu zeigen, daß man auch die heikelste Situation zu meistern wußte. –

«Liebe Gemeinde! Wenn wir bis dahin das Elend des verlorenen Sohnes düster genug gezeichnet haben, und es war düster genug, so haben wir doch auf eins noch nicht hingedeutet und noch nicht bedacht, daß zum vollen Elend eines Menschenherzens auch das Alleinsein gehört, das Verlorensein einer armen Seele mitten im treibenden Leben der andern. Jeder von Euch hat schon von Unglücklichen gehört, die einsam durch die Welt irrten, oder die, ohne eine mitfühlende Seele zu kennen, in irgendeinem Dachstübchen ihre letzte Stunde erwarteten. Aber immer wieder war es noch ein Hündchen, ein treuer Hund, oder ein Fink, ein Kanarienvogel, jene Maus des Gefangenen, oder ein Kätzchen, das ihr müdes Leben mit dem Herzschlag der übrigen Kreatur, der glücklichen Welt, verband und das sie auf allen Wegen in unwandelbarer Treue begleitete, wie wir es ja auch heutzutage noch oft zu sehen – das heißt, wie wir es ja auch heute aufs neue wieder zu bewundern Gelegenheit hatten, wo die treue, liebe Unvernunft ungeachtet aller Schwierigkeiten und ungeachtet des heiligen Raumes ihrem Meister folgte. Nicht umsonst erzählt die Legende, daß selbst dem Herrn in jener schwersten Stunde, wo sogar die Jünger eingeschlafen waren, ein Hündchen die Hand geleckt habe. Wer aber auch nur eine einzige Seele sein eigen nennt, und sei es die Seele eines einfältigen Tierchens, der ist nie ganz allein und nie ganz unglücklich. Darum ziemt es dem Menschen, auch die stumme Kreatur zu lieben und ihr kein Leides zu tun. Von dem verlorenen Sohn aber weiß selbst die barmherzige Legende nichts Derartiges zu sagen. Kein Hund, kein Vogel, keine Kreatur war um ihn in seiner Verzweiflung. In bodenloser, ich möchte sagen in namenloser Qual glitten die Tage an ihm vorüber, gefüllt mit den Erinnerungen an sein sündhaft vertanes Leben.»

Mit Genugtuung sah der Pfarrer, wie die Gesichter allmählich sich wieder beruhigt hatten. Die Sache war glimpflich abgelaufen, und der unvorhergesehene Exkurs zugunsten des Tierschutzes war eigentlich gar nicht übel am Platz gewesen. Es gab Tierschinder genug unter den Bauern; er hätte ungeniert noch etwas deutlicher werden können. Aber nun weiter!

Friedrich Johannes Bopp sah auf die Uhr, die er gewohnheitsgemäß neben sich gelegt hatte. In zehn bis zwölf Minuten sollte der Gottesdienst beendet sein.

«Liebe Gemeinde!»

Er wechselte das Tempo. Mit raschem Drängen ließ er nun den von Reue und Lebensekel erfüllten Sohn die Reste seiner Persönlichkeit zusammenlesen, gab ihm neue Willensimpulse und Lebensfreude. Ließ das ferne Vaterhaus wie eine Fata Morgana durch seine Träume zittern und gab ihm den heißen Wunsch ins Herz, alles wiedergutzumachen. Wie er das Elend geschildert hatte, so schilderte der Pfarrer nun auch den Sieg des Guten über die Macht des Bösen. Er rückte des alten, müden Vaters übermächtige Liebe ins Licht, ließ daran denken, daß Blut nie zu Wasser werde, und ging dann über zu einem wahrhaft fürstlichen Empfang im Vaterhaus, bei dem Reigen und Gesänge und die ganze biblische Harmoniemusik mit Zimbeln und Posaunen nicht fehlen durften. Dem Kritikaster von Bruder aber wurden die Kutteln geputzt; ihm, der seit Jahrzehnten im Segen des Hauses leben durfte und dem alles einst zufallen sollte, wenn der Vater die Augen zudrückte, ihm stand es am allerwenigsten an, über Vergangenes zu Gericht zu sitzen. Und mit den weichsten Tönen seines Organs freute er sich letzten Endes über den Gesang der Engel, über das Bekenntnis der Seligen, daß im Himmel mehr Freude herrsche über einen einzigen demütigen großen Sünder denn über neunundneunzig Gerechte, die in allen Tugenden erzogen und von keinen Versuchungen verführt, von selbst sozusagen, in den Himmel und in das ewige Reich einzögen.

Und dergestalt hatte Friedrich Johannes Bopp, ungerechnet des siamesischen Zwischenfalls, eine der erhebendsten und erbaulichsten Predigten gehalten, die ihm zeitlebens geraten waren.

Zufrieden ließ er nun, während die Gemeinde stehend «Nun danket alle Gott» sang, seine Augen wieder bis in die letzten Bänke schweifen. Die ganze fremde Kirchenkommission sang, wieder auswendig, beide Strophen und schien im tiefsten befriedigt zu sein.

Während des Segens sodann erhoben sich die fünf Herren und verließen als erste die Kirche, nicht ohne der Opferbüchse gedacht zu haben. Sie wußten, was sich schickte.

Unter rauschendem Nachspiel, das die uralten, gläsernen Apostel in den hohen Fenstern des Chores ins Zittern brachte, leerte sich die Kirche. Die ersten, die sie nun verließen, sahen eben noch die fremden Kirchenräte um eine Ecke verschwinden. Bopp seinerseits sah, wie seine eigenen Kirchenräte sich bei der Kanonenkugel sammelten, mit den Händen durch die Luft sägten und sich sodann in der Richtung nach dem «Goldenen Hirschen» verzogen. Mochten sie! Er war seiner Sache sicher. Wenn eine fremde Kommission sich schneuzen muß und fortwährend die Augen wischt, dann hat die Predigt eingeschlagen.

Mit einem beinahe wehmütigen Blick, als gälte es, heute schon Abschied zu nehmen, umfing Friedrich Johannes Bopp auf dem Rückweg die Kohlköpfe, Rosen- und Himbeersträucher. Auf dem Gesimse des Studierzimmers fraß der Kater Pascha eben als Vorspeise einen dunkelroten Geraniumknopf mit Haut und Haaren auf. «Im Grunde genommen ist er doch ein gutes Geschöpf!» dachte der Pfarrer und lächelte.

*

«Da haben wir uns ja etwas eingebrockt!» konstatierte Frauenfelder in aller Trockenheit.

«Es ist gar nicht erwiesen, daß er uns erkannt hat. Der Verlorene Sohn ist reiner Zufall!» widersprach ein anderer; Kupper ergänzte, daß Predigten tagelang vorher, zum mindesten am Samstagnachmittag, einstudiert würden.

«Und die fortwährenden Anspielungen, hä? Sogar die Lesebuchmaus des Zuchthäuslers hat noch herhalten müssen!»

«Und Augen hat er uns angeworfen, als ob wir weiß Gott was getan hätten! Grad als ob wir noch im ersten Stadium wären – und haben doch die Schweinekost und die Käserinde sozusagen schon hinter uns!»

Man stritt sich hin und her.

Schließlich war man doch der Meinung, daß der Pfarrer es jedenfalls gut gemeint habe.

«Predigen kann er auf jeden Fall; wenn ich so reden könnte wie der, so hätt' ich seinerzeit meinem Advokaten eins aufs Maul gehauen und selbst plädoyiert –»

«Plädiert heißt es!» korrigierte Kupper.

«Mir hat die Predigt gefallen», sagte Bachmann. «Was er da von der Vaterliebe geredet hat und so – vom Empfang und von der Reue, das hatte alles Hände und Füße.»

Näf zuckte die Achseln: «Ein Wunder, daß er aus dem gemästeten Kalb nicht gerade einen gebratenen Ochsen gemacht hat; viel hätt' nicht mehr gefehlt!»

«Alles in allem werden die Engel jubilieren, wenn wir unser Fünf einmal erscheinen; wir gehören ja sicher nicht zu den neunundneunzig Gerechten, die ohne Formalitäten, nur auf die gute Familie hin, in den Himmel kommen!»

«Das mit dem Sünder und den neunundneunzig Gerechten ist mein Konfirmationsspruch! Das ist mir wahrhaftig auch zwanzig Jahre lang nicht mehr in den Sinn gekommen!» sagte Oberholzer langsam. «Jawohl, so hat er geheißen. Irgendwo muß der noch herumhängen; der Götti hat ihn mir rahmen lassen. Na ja – –»

In einiger Schweigsamkeit zogen die Fünf weiter. Gegen Mittag kamen sie in ein altes Städtchen und beschlossen, etwas zu essen; fanden auch eine ruhige Gartenwirtschaft zum «Steinbock», die einigermaßen einladend aussah.

«Aber! Meine Herren!» Kupper war stillgestanden, «aber was wollen wir bestellen?»

Die Angelegenheit war nicht so einfach. Sie hatten zehn Jahre lang nur gegessen, was man ihnen in den braunen, dicken Tellern vorgesetzt hatte, und der Speisezettel war nicht besonders reichhaltig gewesen. Über das, was man nicht essen wollte, war man sich bald einig: Kartoffeln in Schalen, Gesottenes, Hafersuppe, Reis mit Soda, Makkaroni, Kohl, Käse und Wurst schieden aus. «Und Bodenrüben!» fügte Näf hinzu: «Bodenrüben hängen mir zum Hals heraus!»

Schließlich saßen sie an einem runden Tisch im kühlen Schatten einer mächtigen Platane. Die Serviertochter, vom eigenen Mittagstisch aufgescheucht, kam daher, und die Fünfe fühlten mit seltsamem Behagen die weiche Wärme einer fremden Frauenhand. «Herrgott, Meitli –» hustete Kupper, «was ist das?» Er ließ ihre Hand nicht aus der seinen. «Was wird das sein?» gab das Mädchen lachend zurück, «meine Hand ist das; aber wenn Sie sie noch lange drücken, kann ich nicht mehr servieren! Was wünschen die Herren?»

Es gab ein großes Palaver, bis endlich Kupper die Sache in die Hand nahm und mit bestimmter Handbewegung Rösti mit Bratwurst vom Programm strich. «Sie bringen uns Gemüsesuppe, Kalbsnierenbraten, Spaghetti mit Tomaten, Salat und Dessert – fünfmal!»

Das Töchterchen, das bei der Rösti bedeutend

kühler ausgesehen hatte, war wieder die Beflissenheit selber. Nur eine Einwendung möchte sie sich erlauben: ob die Herren nicht lieber im Speisezimmer äßen, Kalbsnierenbraten werde rasch kalt?

«Dann wärmen Sie eben die Teller gut vor!» entschied Kupper.

«Du kommst in den Saft, Herr Bankdirektor!» lachte Oberholzer. «Gewärmte Teller hab' ich in meinem goldensten Zeitalter nie gehabt.»

«Und was trinken die Herren?»

Das war wieder so eine Sache für sich.

«Einen Moment!»

Das Mädchen verzog sich ins Innere.

«Trinken?» – Sie hatten zehn Jahre lang nichts mehr mit Dreiern und Halblitern zu tun gehabt, geschweige denn mit den Sorten, sondern hatten lediglich an Sonn- und allgemeinen Festtagen, wie es im Reglement hieß, ein Glas leichten Tischwein zu trinken bekommen. «Die ersten zwei Jahre haben sie uns überhaupt nur Wasser zu saufen gegeben», murrte Näf. Nun aber warf dieses hübsche Mädchen schon mit weitem Schwung ein blendend weißes Tischtuch über die schwarze Schiefertafel und legte Serviette, Besteck und Porzellanteller dazu. «Es ist wahrhaftig Porzellan!» konstatierte einer; «ich hab's noch im Fingergefühl von früher her.»

«Und also einen Liter Veltliner, Fräulein!» befahl Kupper.

«Du, Kupper! Wenn du den Größenwahn bekommst, wir können nichts dafür! Wer zahlt das schließlich alles?» Kupper hörte kaum hin. «Nur keine Angst. Die finanzielle Seite überlaßt ihr am besten mir.»

Also zerschnitt und zersäbelte man den herrlichen heißen Braten, focht mit den Spaghetti, flutschte die roten Tomaten und goß hie und da einen Schluck darüber. Das Mädchen war guter Dinge, strich mit seinem Spitzenschürzchen eifrig um sie herum und frug schließlich, ob sie noch den Kaffee bringen sollte.

Kupper nickte gnädig: «Jawohl, Mädi! Aber ohne Zichorie und in der Tasse! Und eine Schachtel Zigaretten – Turmac bleu!»

So saßen sie denn da wie ein feudaler Herrenklub, und das Mädchen hätte Gift darauf genommen, daß es lauter honorige Herren wären; fand aber trotz den Bemühungen nicht heraus, wes Nam' und Art sie waren, und auch der Wirt, der drum herumredete, nachdem er guten Appetit gewünscht hatte, trabte ohne nähere Auskunft wieder zurück. «Geht ihn einen Dreck an!» flüsterte Frauenfelder. «Sonst telephoniert er noch an die Anstalt.»

Dann fütterten sie mit den Resten des Mahls die graue Tigerkatze. «Hast ja gehört, was der Pfarrer gesagt hat punkto Kater; übrigens hat er den Rank mit der Katze glänzend gefunden!» warf Bachmann ein und strich dem Tierchen über das weiche Fell.

Näf stand auf. «Wohin?»

«Ich will eine Ansichtskarte schreiben!» –

Er setzte sich mit der Karte an einen der Gartentische.

Nach einer Viertelstunde kam er wieder zurück und winkte Kupper:

«Du bist der Gebildetste von uns – ich möcht' meinem Vater schreiben, daß ich im August heimkomme; am 15. kann ich raus. Aber ich weiß nicht, wie ich's ihm schreiben soll. Er sollte merken, daß ich gern wieder komme.»

Kupper sah ihn an. Der Junge hatte Tränen in den Augen. «Ja, ja! Du hast noch einen Vater. Ich hab' nichts mehr. Im übrigen schreibst du das einfach so simpel als möglich – und kannst unten hinschreiben ‚Lukas, Kap. 15'.»

«Danke! Ich hab' in allen zehn Jahren nie geschrieben –» sagte Näf leise.

Der Wirt, zufrieden mit der wohlerzogenen Kundschaft, hatte indessen den Grammophon unter die Fensteröffnung geschoben und ließ die «Schöne, blaue Donau» schwungvoll erklingen. Das Mädchen aber lächelte entgegenkommend und stellte die zwei Stühle, die auf einem glatten Zementboden standen, mit etwelcher Umständlichkeit auf die Seite. Und so ergab es sich wie von selber, daß Kupper, schon um des Cutaways willen, als erster um einen Tanz bat. Die zwei Biedermänner, die eine halbe Stunde später als erste Gäste in der Wirtsstube erschienen, sahen mit Wohlwollen eine vergnügte Herrengesellschaft am runden Tisch im Garten, die bald darauf zahlte, etwas umständlich von der Serviertochter Abschied nahm und sich hierauf verzog, nicht ohne noch einmal, nein, mehrere Male kräftig zurückzuwinken.

«Das hätte man nun zehn Jahre lang so haben können – was waren wir doch für hirnverbrannte Trottel damals!»

Bachmann hatte gesprochen, was alle dachten.

«Übrigens – Fr. 6.35 hat alles zusammen gekostet – bleiben uns also pro Person noch 65 Rappen. Schandenhalber sollten wir vielleicht noch einen Batzen heimbringen?»

Frauenfelder warf einen schiefen Blick zu den andern.

«Wozu? Und so absolut steht das nirgends geschrieben, daß ich heute abend wieder im Schatten hocke.»

«Jetzt fängt der Teufel sein Spiel an!» mahnte Oberholzer. «Natürlich könnten wir tun, was du denkst. Wir denken es ja alle. Aber der Alte hat schon gesagt, die Polizei sei nicht viel dümmer geworden in den letzten zehn Jahren. – Und einen Extraverdruß möcht' ich dem Alten auch nicht aufhalsen, schließlich ist er ein anständiger Kerl. Ich hab' früher einmal einen ganz andern genossen – ein halbes Jahr lang.»

«Ein vernünftiger Mensch macht sich nicht im letzten Mondviertel noch seine Chance kaputt!» setzte Näf hinzu. «Gerade, bevor die Reigen und Gesänge an die Reihe kommen!»

«Sonst ist er selber ein Kalb, gemästet oder nicht!»

Man redete nicht mehr von dem verfänglichen Thema. –

Über den weitern Verlauf des Sonntagnachmittags ist nicht mehr sehr viel zu erzählen. Als die Fünfe zur Bahnstation kamen, schlug sich Kupper an den Kopf: «Seit zehn Jahren sind wir doch in keinem Zug mehr gesessen – also!»

So fuhren sie denn, fröhlich wie Kinder sich um Fensterplätze bemühend, mitten in lauter Sonntagsausflüglern drei, vier Kilometer weit durchs Land, stiegen wieder aus, bummelten weiter, sangen: «Wo Berge sich erheben» und «Schatz, mein Schatz, reise nicht so weit von mir!»

Und als sie gegen vier Uhr in ein Dorf kamen, wo eben frühe Kirchweih gefeiert wurde, da verpulverten sie den letzten Batzen auf einer Reitschule und fuhren auf einem hölzernen Elefanten zwanzigmal ringsum um die kugelrunde Welt nach Indien und wieder retour.

«Jetzt ist's aber Schluß!» kommandierte Kupper, als das Karussell sie wieder abgeladen hatte. «Von hier bis – ja, bis – – sind's noch acht Kilometer, das macht bequem zwei Stunden.»

So marschierten sie denn, den Rock auf dem Arm und den Hut im Genick, durch den Sommerabend heimwärts, nicht ohne da und dort stillezustehen und fachkundig die Gräde der Furchen und den Stand der Frucht zu kommentieren, denn davon verstanden sie mehr, als man ihnen auf den ersten Blick ansah. In der letzten halben Stunde überzog sich der Himmel mit schwarzen Wolken, und kein Schnellauf konnte sie mehr vor einer warmen himmlischen Regenflut retten. Tropfnaß standen sie eine halbe Stunde vor sieben Uhr unter dem Vordach der Anstalt.

«Eine verdammte Sauerei, noch im letzten Augenblick!» fluchte Frauenfelder. «Aber alles in allem doch von A bis Z ein schöner Tag, inklusive des verlorenen Sohnes und der Reitschule!» –

«Nun, wie war's mit der Freiheit?» fragte der Direktor.

Die Fünfe sahen sich gegenseitig an. Dann meinte Näf und verzog den Mund:

«Herr Direktor, wenn's alle zehn Jahre jeden Tag so gewesen wäre, so könnte man prinzipiell nichts gegen die Zuchthäuser einwenden. Aber wir sind Ihnen auch für den einzigen Tag dankbar. So ein wenig frische Luft um die Nase hat gut getan, und ein paar vernünftige Gedanken sind uns dabei auch gekommen. – Und Eisenbahn gefahren sind wir auch wieder einmal –»

Da lachte der Alte zufrieden: «Ich hab's ja gewußt, daß es recht herauskommt.»

*

Am Dienstagvormittag legte Jeannette drei Briefe auf den Schreibtisch des Herrn Pfarrers. Pascha, der es sich zwischen einem Kalenderblock und einem Fidibus bequem gemacht hatte, beschnüffelte alle drei. Als Friedrich Johannes Bopp ins Zimmer trat, hatte er bereits den größten angenagt und Fetzchen herausgebissen. Da es sich aber lediglich um eine Reklame für Rasierklingen handelte, ließ der Pfarrer es bei einem leichten Stups an die schwarze Nase des Katers bewenden und nahm die zwei andern zur Hand. Der eine kam laut dem Stempel von einer Kirchpflege, doch nicht von einer fremden, sondern von der eigenen. Bopp runzelte leicht die Stirn. Was die Herren schon wieder wollten? Nun ja, man kann ja nachsehen. Er überflog die zwei Seiten. Jeannette, die indessen wieder in die Türfüllung getreten war und ihren Meister auf den Stockzähnen lächeln sah, fragte: «Und?»

Der Pfarrer behielt sein Lächeln: «Jetzt, wo sie riechen, daß etwas anderes in der Luft liegt, jetzt kommen die Herren! Pressant, aber schon zu spät!»

Jeannette stach der Hafer abermals: «Stimmt's, daß Sie nach Zürich berufen werden, Herr Pfarrer?»

Aber der Gefragte überlas den Brief zum zweitenmal, diesmal mit einem kleinen Stoßseufzer.

«In Ergänzung unseres Schreibens vom 3. Februar des Jahres sei Ihnen mitgeteilt, daß der Kirchenrat in seiner heutigen Sitzung einstimmig beschlossen hat: 1. Es sei in Anerkennung der großen Verdienste und der vorzüglichen Predigten dem Herrn Pfarrer sein Gehalt um Fr. 250.- pro Vierteljahr zu erhöhen, rückwirkend auf den 1. Januar a. c. 2. Es sei die große Stube im Pfarrhaus während der Sommerferien gründlich zu renovieren, ebenso das Treppenhaus inklusive Gartentor. 3. Es sei eine Außenrenovation des Pfarrhauses für das nächste Jahr in Aussicht zu nehmen, vorbehaltlich den Entscheid der Herbstkirchgemeinde.»

Und dann erhob der Pfarrer die Stimme:

«Indem wir hoffen, daß dieser Beschluß, der angesichts der finanziellen Lage der Gemeinde kein leichter zu nennen ist, Ihnen unsere Gemeinde auch forthin lieb macht und daß Sie uns mit Ihrer tiefgründigen Seelsorge wie auch mit Ihren vortrefflichen Predigten weiterhin zur Seite stehen, begrüßen Sie –»

«Et cetera! Et cetera!» nickte Bopp und strich langsam und nachdenklich über das Papier. Eigentlich waren sie doch liebe Kerle, diese Binzambücheler! Sie hingen offenbar an ihm. Tausend Franken mehr pro Jahr und sogar noch rückwirkend! Und die ganze Renovation!

Überhaupt! Die Apfelbäume hatten angesetzt wie noch nie, sogar der älteste, der keinen Staat mehr machen konnte. Die Himbeersträucher waren gesegnet. Die Rosen dufteten bis in sein Studierzimmer hinein. Sogar der Kaktus im Winkel schien sich aufs Blühen zu besinnen. Bopp seufzte. Zwanzig Jahre hatte man hier gewohnt und sich mit Gott und der Welt herumgeschlagen, die schönsten zwanzig Jahre – und nun? «Alles Leben ist ein Abschiednehmen», hatte irgendein Dichter gesagt, er hatte den Spruch schon gelegentlich für Abdankungen verwendet. Richtig – bei Abdankungen –

Mit diesen wehmütigen Gedanken hatte der Pfarrer unterdessen den zweiten Brief geöffnet. Einen Augenblick hielt er inne. Großformat! Und diskret, ohne Aufdruck. Der Briefträger konnte die Neuigkeit nicht schon brühwarm im ganzen Dorf verkünden, bevor nur er selber Genaueres wußte. Dann faltete er, beinahe feierlich, den großen Bogen auseinander und las langsam Wort für Wort das Schreiben.

Es war ein erfreulicher Brief, ein durchaus erfreulicher Brief; das ließ sich nicht abstreiten. Denn da schrieb ihm der Direktor der kantonalen Strafanstalt, daß er am Sonntag fünf Strafgefangenen auf Wohlverhalten hin freien Ausgang erlaubt hätte, wobei diese zufällig in seinen Gottesdienst geraten wären und durch die Auslegung des Gleichnisses vom verlorenen Sohn tief beeindruckt gewesen seien. Er, der Direktor, halte es für eine angenehme Pflicht, ihm das mitzuteilen, da sie sich wohl beide über diesen stillen und kaum erwarteten Erfolg freuen dürften. Usw.

«Stillen und unerwarteten Erfolg –» murmelte der Pfarrer noch einmal. «Ja –»

Eine Weile lang saß Friedrich Johannes Bopp ganz gelassen am Fenster. Den weißen Briefbogen hatte er neben sich gelegt, und Pascha hatte die Gelegenheit als praktische Unterlage benutzt.

Der Pfarrgarten lag im Glanz der Sonne wie ein kleines Paradies unter dem Fenster. Die goldenen Zeiger der Turmuhr funkelten. Von jenseits, eben noch über der Mauer sichtbar, schaukelte sich das «Goldene Träublein» im Wind. Über Nacht waren die Teerosen aufgegangen, herrliche, wundervolle Maréchal Niel.

Friedrich Johannes Bopp strich dem Kater still über das glänzende Fell.

«Pascha! Ich könnte dir jetzt eine lange Rede halten, die du doch nicht verstehen würdest. Von einem goldenen Vogel, der dir vor der Nase gesessen und eins, zwei, drei – wieder fortgeflogen sei. Das passiert nicht nur einem Kater, sondern ist heute auch einem Pfarrer passiert. Aber im Grunde genommen, glaub' ich, der Herrgott hat's heute trotzdem gut gemeint mit mir!»

Pascha sah ihn mit seinen unergründlichen, blauleuchtenden Augen an. Dann blinzelte er zufrieden.

«Mit mir auch!» dachte er und lächelte.

Ferienhäuschen – einmal russisch gesehen

Wir hatten endlich, was wir uns seit Jahren gewünscht hatten: ein Ferienhäuschen.

Mitten in einem grasgrünen Hang stand es, dort wo er sich zu einer flachen Terrasse hinlagerte, um gleich darauf sich wieder sanft in die Alpen hinaufzuziehen. Alles war da, was dazugehörte: Nebelfreiheit, Tannenwald, Heidekraut und Alpenrosen, ein mächtiger Ahorn, der vor dem Häuschen Wache hielt; Finken und Meisen flogen ums Dach, ein Eichhorn kletterte auf und ab, weit und breit aber war Friede und Ruhe. Der Blick ging über das Hochtal hinüber zu Wasserfällen und Felswänden und vergletscherten Gipfeln. Tief unter uns lag das Dörflein, kaum daß es ab und zu seinen Glockenklang in unsere Höhe sandte.

Das Häuschen mochte fünf oder sechs Jahre alt sein. Ein Architekt hatte es samt allen Schikanen für sich hingestellt und es auch eine Zeitlang selber benutzt, dann waren andere ferienfreudige Gäste eingezogen, und eines Tages hatten wir es im «Tagblatt» entdeckt, uns im selben Moment ans Telephon gestürzt und es für fünf Wochen fixfertig gemietet.

Und nun waren wir mit Sack und Pack eingezogen. Schon das Einräumen war eine Freude. Im Parterre wartete eine spiegelblanke Küche, die Zimmer rochen nach frischem Holz, die Fenster glitzerten in der Sommersonne; allstündlich fand sich eine neue Annehmlichkeit, eine verborgene Leiter, eine Veranda mit geschnitztem Geländer, eine als Wandkasten getarnte Waschgelegenheit für Notfälle – falls uns etwa das Kügelchen hier oben aufstöbern sollte! Lulu, unsere Siamkatze, die man natürlich nicht irgendeinem Tierheim übergeben konnte, wollte man nicht in ihre Ungnade fallen, entdeckte eine Mausefalle, die herrlich nach Speck und Wild riechen mußte. Die Kinder fanden heraus, welche Stellung des Wasserhahns den herrlichsten Springbrunnen hervorproduzierte und daß Goldfischchen im Teich seien; denn auch ein Gärtchen fand sich, und wenn der Teich auch nur tischgroß war und die Goldfische sich als rotbäuchige Wassersalamander erwiesen, so wuchsen doch zwei Beetchen voller Blumen aller Sorten ringsum, und drei mächtige Sonnenblumen strahlten in die Stube hinein. Die lange Fensterwand dort zu öffnen, war ein besonderes Vergnügen; ein erfinderischer Mechaniker hatte ein Gestänge mit Kugellagern so konstruiert, daß die Fensterflügel, einer nach dem andern, geräuschlos in einer dunklen Öffnung verschwanden und man plötzlich frei im offenen Panorama lebte. In den Kammern garnierten rot-weiß gehäuselte Kölschdecken die Betten statt der gewohnten steifen Steppdecken, die nach allen Seiten abrutschen; Blumenvasen standen bereit, auf einem hübsch eingebauten Gestell warteten Bücherreihen auf Regentage, in der Küche ganze Garnituren von Pfannen auf Butter und Eier und was alles zum Ferienmenü gehört. Nichts war vergessen, nicht die Kaffeemühle, nicht die Zündhölzchen, nicht einmal eine nagelneue Seidenpapierrolle an ihrem zubestimmten Örtchen. Aus dem Lädeli im Dorf unten hatten wir alles übrige heraufgebuckelt, Neskaffee, Süßmost, Emmentaler, Fliegenfänger, Pantoffeln, Thonbüchsen und Konservenwürstchen. Jeden dritten oder vierten Tag sollte ich hinuntergehen, um einzukaufen und die Post abzuholen. Im übrigen aber wollten und sollten wir hier in Hose und Hemd den Sommer genießen, weit weg vom Büro, noch weiter weg von Motorengeknatter, Telephon und Menschengeschrei. Mutterseelenallein – als einzige Ferienaufgabe hatte ich mir vorgenommen, den Kindern die Geschichte vom Robinson zu erzählen.

Die ersten paar Tage gingen in prallem Sonnenschein vorüber, mit hochgetürmten Sommerwolken und goldenem Alpenglühen; wir nutzten jeden Schnauf aus, schliefen, faulenzten, spazierten, wanderten im Wald herum, planlos, ziellos. Am vierten Morgen regnete es und es regnete auch am fünften Morgen, so daß man keinen Augenblick zur Tür hinauskam.

«Etwas eng ist das Häuschen!» sagte meine Frau, als wir zum drittenmal im Treppenhaus zusammenstießen. «Man stolpert fast übereinander und fegt mit den Ellbogen die Wände ab. Alle drei Kinder können unmöglich zugleich in der Küche sein, und du solltest auch beim Regenwetter etwas Bewegung im Freien haben – es ist tatsächlich furchtbar eng!» Ich zitierte zum Trost Schiller: «Raum ist in der kleinsten Hütte für ein glücklich liebend Paar!», ohne allzu vielen Eindruck zu machen, denn die Kinderchen und die Katze mußten auch einkalkuliert werden.

Es regnete auch am nächsten Tag. Ich beschloß, mit dem Robinson zu beginnen, geriet aber in der Hausbibliothek an ein hübsches Sammelbändchen russischer Erzählungen von Tolstoj, Awertschenko, Tschechow. Und wie es so beim Durchblättern geht, man bleibt an irgendeiner Geschichte hangen. Sie ist bald erzählt:

«Iwan hatte nach seines Vaters Tod die Hütte geerbt, hundertundsiebenundachtzig Rubel dazu und ein Stück Land, wohl eine Deßjatine groß und gerade recht, um drei Ziegen und drei Dutzend weißer Hühner durchzufüttern, ohne daß sie eben übermäßig viel Milch und Eier gebracht hätten, und so konnte er im Besitz all dieser Dinge Katjuschka heiraten. Sie tanzten an der Hochzeit mitsamt der ganzen Dorfgemeinde, aßen und tranken und waren guter Dinge. In der Folge taglöhnerte Iwan wie zuvor bei den Bauern des Dorfes, half im Wald und beim Holz, auf dem Acker und an der Straße, war dabei, wenn eine Kuh ihr Kälblein bekam, und machte kleine Botengänge für den und jenen. Katjuschka aber hausierte mit den Eiern, suchte Pilze oder tat sonst etwas Vernünftiges, das Geld ins Haus brachte. Eine Zeitlang ging alles wohl. Dann kam ein Kindchen zur Welt, dann ein zweites, ein drittes, und im Verlauf weniger Jahre waren es ihrer so viele, daß sie sich gegenseitig im Wege standen, über sich selber stolperten und Iwan und Katjuschka kaum mehr wußten, wo ein noch aus. Da ging er eines Abends zum Starosch: ,Väterchen Starosch, du bist weise und kennst meine Hütte und weißt, daß sie für mich und für Katjuschka groß genug ist; wir sind kleine Leute und verlangen nicht eben viel. Aber jetzt ist es nicht mehr zum Aushalten vor lauter Lärm und Gestank und Spektakel, und es ist ein wahrer Jammer! Gib mir etwas Geld, Starosch, daß ich mir ein Haus kaufen kann. In drei Jahren zahl' ich dir's zurück.' Der

Starosch nickte voller Verständnis: ‚Lieber Iwan, das wäre dumm, denn in wenig Jahren sind deine Kinder groß und ziehen fort, und dann sitzest du viel zu teuer in deinem großen Haus. Ich weiß dir ein viel billigeres Mittel.' Er schob die alte Astrachanmütze ins Genick: ‚Hast du Ziegen, Iwan?' – ‚Gewiß, drei Ziegen.' – ‚Gut denn! So geh heut abend um Mitternacht in den Stall, nimm die drei Ziegen heraus und nimm sie fortan zu euch in eure Stube.' Iwan machte große Augen; da aber der Starosch darauf bestand, so tat er also und lebte fortab mit Katjuschka, den sechs Kindern und den drei Ziegen in seiner Hütte. Nach wenigen Wochen aber stand er wieder vor dem Starosch. ‚Weiser Starosch!' sagte er mit Tränen in den Augen, ‚es geht nicht mehr. Die ganze Hütte stinkt nach den Ziegen, alle Böden sind voll der kleinen Kugeln; sie stoßen meine Kinder mit den Hörnern über den Haufen. Die Hütte ist so klein wie eine Kiste geworden.' Der Starosch sah ihn schweigend an: ‚Iwan – so nimm noch die drei Dutzend Hühner zu euch in die Hütte, nein, sperre sie in euer Schlafgemach. Du wirst sehen, es geht!' Iwan wollte etwas entgegnen, aber der Starosch fuhr ihm ins Wort: ‚Bist du der Starosch oder ich?' Da zog Iwan betrübt heim, und wenn auch sein Weib jammernd und heulend die Hände überm Kopf zusammenschlug, so tat er doch fortan die Hühner in ihre

Hütte, und sie zerkratzten tagtäglich das Sofa, stänkerten überallhin, verschmutzten die Pfanne und legten ihre Eier wo sie eben wollten, unter das Bett, in den Herd und in den Holzschopf.

‚Es geht nicht mehr, Iwan! Wir leben in einem Käfig, in einer Höhle!' heulte Katjuschka, ‚die Kinder prügeln sich alle Tage, die Hühner zerkratzen alles, und wenn ich nicht mir die Nase mit den Fingern zuhalte, kann ich nachts nicht einmal mehr einschlafen. – Geh zum Starosch um Gottes willen!'»

«Was liesest du Lustiges?» fragte meine Frau über die Schulter.

Dann lachten wir beide: «Es muß schauderhaft zugegangen sein. So habe ich mir Rußland doch nicht vorgestellt! Aber übrigens: alles in Ehren, dein Häuschen da ist ein wahres Bijou und ich will nichts gesagt haben. Aber es ist für uns zu klein. Absolut zu klein. Man trampelt einander auf die Füße, die Kinder purzeln durch diese Miniaturtreppe hinunter, die paar Feldblumen da decken den halben Tisch. Ich weiß nicht, wie wir das noch vier Wochen aushalten sollen in dem Ding da –. Es ist nur gut, daß wir keinen Besuch eingeladen haben, es wäre eine Blamage mit diesem Häuschen.» Sie schnupfte eine Träne in die Nase hinauf.

«Nun ja, zugegeben, ein bißchen eng ist's, aber man gewöhnt sich dran. Aber der Iwan da in dem Büchlein...»

In diesem Moment scholl kräftiges Hundegebell von der Haustüre her, das in ein wahres Freudengeheul überging. Ich legte das Bändchen auf das Regal zurück, Lulu stellte die Ohren waagrecht zurück: «Was will der Hund?»

Jawohl, was will der Hund? Es war ein gesprenkelter Foxterrier, der wie verrückt um das Haus herumschoß, durch die Zinnienbeete raste und an der Türe kratzte, als ob er das größte Anrecht hätte, eingelassen zu werden.

Eine Familie mit zwei Regenschirmen tauchte auf. Die Kinder drückten sich die Nasen an den Fenstern platt. Man sah Koffer, Rucksäcke und einen Waschkorb auf unser Häuschen zuwanken. Nun machte die Familie halt. Der Mann stellte den Koffer zur Erde, wischte sich den Schweiß von der Stirne, die Frau lockerte den Rucksack, die Kinder wurden zurechtgestrupft und dem kleinsten der viere die Nase geschneuzt. Ein Schirm flatterte ins Wiesland hinaus und wurde mit Hallo zurückgeholt. Wir sahen dem Ganzen mit einiger Aufregung hinter den Vorhängen zu. Ja, und jetzt läutete die Glocke. Rosa wurde bleich: «Was wollen die Leute hier?»

«Ein bißchen unterstehen, denk' ich, bei dem Sudelwetter –»

Als ich die Tür öffnete, zwängte sich der Fox durch die Spalte, schoß mir durch die Beine, wirbelte sich vor der kleinen Garderobe den Regen aus den Haaren und stob in die Kinderkammer hinauf, kam heruntergestürzt. «Schatzi, komm!» rief und pfiff die fremde Familie in allen Tönen. «Er ist ein seelengutes Tierchen und tut keinem Menschen etwas –» postierte sich nun die Frau vor uns hin. Sie holte Atem. «Sie müssen schon entschuldigen, daß wir hier hereingeschneit kommen – leg dich, Schatzi! – und nun, Pappeli, erklär den Herrschaften den Fall –.» Sie zog den Strohhut, ein mächtiges Wagenrad, wie man es etwa aus Tessiner Ferien über den Gotthard bringt, vom Kopf und hängte ihn an die Garderobe. Pappeli, im Gegensatz zu seiner Frau etwas mager geraten, trat nun in Erscheinung. Die drei Kinder schienen schon spurlos verschwunden zu sein.

«Stingeli», stellte er sich vor. «Ja, Herr Rötlisberger, Sie werden ja erstaunt sein, daß ich Ihren Namen kenne. Man hat mir nämlich im Dorf unten gesagt, daß eine Familie Rötlisberger in unserm Ferienhäuschen einquartiert sei –»

«In Ihrem – in Ihrem Ferienhäuschen –?» Meiner Frau fielen beinah die Augen aus dem Kopf. «Wieso –?»

Die Sache verhielt sich so: Die Familie Stingeli samt ihrem Fox hatte während der letzten drei Jahre das Chalet zur Ferienzeit bewohnt. Dann war es offenbar dem Besitzer zu bunt geworden. «Wir hätten keine Ordnung gehalten im Haus! Lächerlich!» Nun sei ihnen aber die Landschaft da derart ans Herz gewachsen, daß sie wenigstens in der Nähe, eine Stunde weiter unten, ein Ferienhäuschen gemietet hätten, und da sei nun etwas vollkommen Unerklärliches passiert. «Ich bin überzeugt, Pappeli, du hast das Datum verschrieben!» Nämlich, wie sie nun heute morgen einrücken wollten, hätten die Leute drin behauptet, sie hätten bis zum Fünfzehnten bezahlt und ließen sich nicht auf die Straße setzen. «Ein Geschrei hat die Person vollführt, sage ich Ihnen, nicht eine Stunde früher gehen wir, hat mir die Person frech ins Gesicht hinein gesagt!» In beiden Dorfwirtshäusern und ihren Dependenzen sei ebenfalls kein Bett leer. Herr Stingeli wurde unsicher: «Nun haben wir – wir dachten uns mehr oder weniger –»

Mammeli war gefaßter: «Nun ja, umsonst sind wir nun nicht mit Kind und Kegel da hinaufgeklettert. Stellen Sie sich vor: die weite Reise und all die Bahnkosten – also Zurückfahren kommt selbstverständlich nicht mehr in Frage, und da finden wir es am Platz, daß wir schließlich die zwei, drei Tage bei Ihnen unterstehen können. Ansprüche machen wir nicht – nur das Katzenvieh müssen Sie einsperren –, und an die Kosten zahlen wir natürlich unsern Anteil», schließlich handle es sich ja mehr oder weniger um ihr Häuschen, nicht um das unsrige, weil man eben, wenn man so jahrelang drin gelebt habe, ein ganz eigenes Verhältnis zu einem Haus bekomme, man sei sofort wieder wie daheim, und abgesehen davon müsse doch heutzutage jeder Mensch ein gewisses soziales Mitgefühl haben bei den schlechten Zeiten und weil noch kein richtiger Friede sei wegen den Atombomben und wie das Zeug alles heiße. Jedenfalls würde sie es nie zulassen, wenn wir sie wie einen Hund in das Unwetter hinausschicken wollten.

Unsere Bedenken wurden zugedeckt. Einbalsamiert. Vom Winde verweht. Sie wurden überhaupt nicht angehört. «Wo ein Wille ist, da ist auch ein Weg!» zitierte Frau Stingeli schließlich und schloß die Diskussion, indessen die drei Kinderchen aus dem obern Stock heruntergestürzt kamen mit dem Schreckensruf, daß fremde Gofen in ihren Nestern schlafen würden und daß sie ihnen aber alles aus dem Bett geworfen hätten und eine Stoffpuppe zum Fenster hinaus. «Es wird sich alles arrangieren lassen», meinte Frau Stingeli, ohne eine Miene zu verziehen. Dann wechselte sie zum Lehnstuhl hinüber und begann ihre Schuhe aufzunesteln. Sie habe nämlich Hühneraugen, und ob Frau Rötlisberger nicht zufällig ein Pulver für Fußbäder hier hätte, mit so einem englischen Namen, Salat's Rondelle oder so –? Wir waren eingewickelt und verkauft.

Es kann hier nicht auf alle Details eingegangen werden. Die Fußbäder mit unserm englischen Pulver waren bei weitem nicht das Schlimmste, auch wenn Frau Stingeli sich, während meine Frau Tomaten rüstete, zu dieser umständlichen Prozedur mitten in die Küche setzte. «Auf der Alm da gibt's kei Sünd!» lachte sie. Wir aßen nun im allgemeinen weniger als sonst; einzig die Kinder fraßen direkt, damit sie ja nicht zu kurz kamen, denn wir hatten zum ersten Abendessen die Familie schandenhalber eingeladen, und dabei hatte sich's herausgestellt, daß die Stingelinchen über einen unheimlichen Appetit verfügten. «Im übrigen, liebe Frau Rötlisberger, lassen wir Ihnen gerne den Vortritt beim Essen! Das heißt, Sie können um elf Uhr essen und wir dann anschließend um zwölfe. Pappeli ist sich das so gewohnt und wir andern auch. Ich koch dann einfach mein Zeugs zusammen, während Sie am Tische sitzen»; es gab nichts weiter zu bemerken, als daß wir lieber für uns allein gegessen hätten. Pappeli nickte dazu und rauchte.

Die Einteilung tagsüber war ein Kinderspiel gegen das Nachtprogramm. Schien die Sonne, so waren die sieben Kinder nicht zu halten; leider waren sie es aber auch bei Regenwetter nicht, wenn sie im Haus bleiben mußten. Beulen, Löcher, ausgeraufte Haare, Risse in den Hosen, das ging alles noch hin. Aber die Stingelinchen verfügten auch über ein Repertoire der Sprache, daß einem die Augen überliefen; sie durchsetzten die allgemeine Konversation derart mit hochdeutschen und mundartlichen Spezialitäten, daß meiner Frau zu grauen anfing. «Süderi, Sürmel, Glünggi!» gehörten zu den freundlichsten Begrüßungsformalitäten und fanden bei unsern dreien fröhlichstes Echo. «Ach was! Das wächst sich alles wieder aus!» lächelte Frau Stingeli unbeschwert; «mein Vater hat mich mein Leben lang Teigaff gerufen und Laferi, und trotzdem bin ich geworden, was ich heute bin!» Damit setzte sie sich in den Lehnstuhl und stand erst wieder auf, als ihre Lippen feuerrot und die Fingernägel in der Farbe überreifer Himbeeren leuchteten. «Akkurat wie Roßnieren», sagte ich, denn ich war 856 Tage im Verpflegungsdienst der Armee gewesen; diese Feststellung wurde aber anscheinend nicht als Kompliment aufgefaßt. Im fernern wäre objektiv zu sagen, daß ein halbes Dutzend Teller zerscherbelten, daß mein Photoapparat anläßlich eines improvisierten Kasperlitheaters zu Schaden kam, ebenso ein neuer Regenschirm; daß die Mausfalle in ein Wasserrad umgebaut wurde. In der Folge hatte ich den jüngsten Stingeli aus dem Bach zu ziehen. «Und sein Nastuch –?» fragte mich Frau Stingeli nicht ohne berechtigten Vorwurf in der Stimme, denn das war rettungslos bachab geschwommen. Sodann wurde aus einem Halbdutzend Leintücher ein Zelt gebaut, worauf am Abend niemand mehr mit Bestimmtheit wußte, auf wessen leinener Unterlage er nun schlief. Hugo Stingeli war musikalisch und spielte abends Handorgel, indem er jeweils einen Marschanfang ordentlich ansetzte, sodann zwanzig Takte lang im Kreis herumschwamm, um schließlich die Anfangsmelodie wieder fortissimo zum Finale zu führen. «Wenn man nicht immer auf alle Rücksicht nehmen müßte, so sollte er eben täglich zwei Stunden üben», murmelte Mammeli laut genug. «Wir sind eben dies Jahr nicht allein im Haus –» Sie verriet bei dieser Gelegenheit, daß sie früher Gesangstunden genommen habe, sehr hoch hinauf und mit vielen Kadenzen und Triolen; vielleicht singe sie am ersten August an der Feier im Dorf.

Anschließend an die Musikunterhaltung folgte das nächtliche Programm. Es ist Sache der Mathematiker, die Zahl 5 durch die Zahl 11 zu teilen, und jeder begabte Fünftkläßler wird die Lösung finden. Es gibt 5/11. Wesentlich schwieriger ist die Lösung, wenn das Problem aus der Sphäre der Theorie in die der Praxis tritt, d. h. wenn es sich um 5 Schlafgelegenheiten und 11 Personen handelt, wozu noch Hund und Katze kommen, die sich gegenseitig nicht riechen können. Irgendwie und -wo haben wir tatsächlich doch geschlafen, Einzelheiten wurden nicht völlig bekannt. Bubi lag im Lehnstuhl, die Mädchen auf dem Sofa. Dem Besuch hatte man notgedrungen, und weil die Kinder so furchtbar müde und tropfnaß gewesen waren, am ersten Abend das Bett überlassen, und hernach wagten wir keine Änderung mehr vorzuschlagen. Ich meinesteils ließ mir wenigstens unser Familienbett nicht rauben und möblierte den Mann mit dem Knaster auf eine auf den Boden montierte Untermatratze, die er mit seiner Ehegesponsin zu teilen hatte; er sah beim Frühstück etwas hergenommen aus. Irgendeins schlief in einem Kastenfuß.

«Es geht einfach nicht», weinte Rosa, als wir endlich nach Mitternacht allein waren. «Es ist ein Jammer! Und dazu haben wir uns erst noch im Kalender verrechnet, sie bleiben ja fünf Tage oder sechs, nicht nur zwei oder drei.»

Kurzum, nach zwei Tagen hatten wir genug bis an den Hals hinauf.

«Herr Stingeli», sagte ich, «Herr Stingeli, Sie sehen ja selbst, daß es so nicht weitergehen kann. Herrgottdonnerwetter, schließlich sind wir nicht verpflichtet, eine sechsköpfige Familie –»

Er blies ruhig den Rauch aus der Pfeife und nickte nachdenklich: «Im Grunde haben Sie recht, natürlich. Aber wenn's zwei Tage so gegangen ist, warum sollte es nicht noch ein paar weitere Tage so gehen können? Glücklich ist, wer vergißt, was nicht mehr zu ändern ist –»

«Es *ist* aber zu ändern!» Ich ließ nicht nach. «Heute mittag gehen Sie ins Dorf hinunter und erkundigen sich haargenau in der ‚Krone' und im ‚Edelweiß' nach Betten und auch in den Häusern, die Zimmer vermieten, verstanden? Und morgen früh bugsieren Sie Ihre werte Familie dorthin, ohne Umschweife und Ausreden, ja?»

Er machte ein kurioses Gesicht. «Ich soll –?»

«Jawohl, Sie sollen! Und wenn nichts frei ist, dann gehen Sie zu Ihrem Ferienchalet und ersuchen den Inhaber höflich, Ihnen für die restlichen zwei Tage Unterkunft zu gewähren. So wird's gemacht.»

Das Gesicht wurde noch kurioser. «Sie muten mir also zu, daß ich eine völlig unschuldige Familie in eine derartige Situation bringen soll? Daß mir der Mann womöglich noch einen Prozeß anhängt wegen Hausfriedensbruch? – Nein, danke. Da, bei Ihnen, da war's was anderes; schließlich waren wir vor Ihnen hier. Sie bedenken das offenbar zu wenig –»

«Ist mir schnuppe. Arrangez-vous!»

Gegen Abend kam er, nicht ohne seine Einkehr beim «Kronen»-Wirt und bei der «Edelweiß»-Wirtin deutlich zu verraten, den Hang hinauf. Schon von weitem verwarf er die Hände. Unter der Tür schnaufte er: «Unmöglich! Im Dorf sind die Masern! Sie können doch die Kinder nicht mitten in den Ferien dem Tod ausliefern?» Mammeli sagte: «Es gibt eben Leute, denen alles zuzumuten ist. Man sollte solche Fälle dem ‚Beobachter' melden!»

Sie blieben also. Die Luft wurde dick.

Am vierten Abend weinte meine Frau in dem einzig uns verbliebenen Bett heiße Tränen. «Man ist seines Lebens nicht mehr sicher. Alles geht auf unsere Kosten. Dazu haben wir jeden Samstag den Fünfliber in die Reisekasse gelegt! Heute hat das Frauenzimmer die letzte Flasche Süßmost den Kindern verteilt. Sie fressen uns kahl – vom andern gar nicht zu reden. Man versteht ja sein eigenes Wort nicht mehr bei dem Krach. Und Manieren nehmen unsere Kinder an! Überhaupt, die ganzen Ferien sind mir versaut – jawohl, geradeherausgesagt versaut! Morgen früh gehst du zum Landjäger. Es muß einfach Abhilfe geben. Oder zum Verkehrsverein – oder zum Gemeindepräsidenten.»

«Zum Starosch –!» flüsterte ich. Es gab eine kleine Pause.

«Jaso, ja, richtig, zum Starosch, genau wie in der russischen Geschichte. Die Ziegen haben wir ja schon, vielleicht schickt er dir noch die Hühner?»

Fünf Minuten später war sie fest eingeschlafen.

Am andern Morgen, als wir beim Frühstück saßen, indes die Stingelischen ringsum die Mäuler aufsperrten, kam unser Onkel Tobias. Er kam nicht, er kugelte zur Türe herein direkt in die

Küche. Denn wir alle im Verwandtschaftskreis nannten ihn längst «das Kügelchen»; er nahm das keinem übel, nur wenn wir «Kugel» sagten, rümpfte er die Nase. Kügelchen machte alljährlich die Runde bei der Verwandtschaft und schied gewöhnlich schon sehr bald wieder, leider aber nicht, ohne es mit allen denkbaren Kniffen verstanden zu haben, eine Hunderternote zu pumpen. Sämtliche Vettern und Basen erschraken, wenn er auftauchte.

«Da sind die Hühner also auch noch –!» entfuhr es mir. «Kügelchen, wie kommst denn du hierherauf?»

Onkel Tobias schnaufte: «Gescheite Frage! Zu Fuß, denk' ich! Stellt mir lieber etwas Trinkbares in die Nähe, man schwitzt ja sündhaft! Übrigens: störe ich? – Habt ihr schon Besuch?»

Frau Stingeli nahm uns das Wort ab: «Mehr oder weniger, Herr Kügelchen. Sie sehen ja, wir sind da, zwar nur noch für zwei, drei Tage –»

«Nein, nein, lieber Onkel, die Dame macht sich nur einen Spaß! Sie bleiben nur noch bis zum Mittagessen!» Ich wurde angriffslustig. «Sie haben, denk' ich, bereits gepackt? Ich weiß, ich weiß, Packen ist kein Vergnügen. Aber jetzt, wo unser Onkel eingerückt ist, muß geschieden sein, lieber Herr Stingeli. Nicht wahr, Sie finden das auch?»

Sie fanden es nicht. Es wurde abermals Abend. Wir saßen auf Maggikisten, auf das Sofa gezwängt, auf ebener Erde, wie es sich eben traf. «Originell», fand Stingeli, «beinahe türkisch!» Unsere Kinder schlugen vor, die Stingeli sollten von jetzt an bis Mitternacht schlafen, dann anschließend möchten sie in die angewärmten Betten liegen. («Nester» sagten sie auch schon.) Aber Stingelis hielten den umgekehrten Fahrplan für besser, und eine Einigung ergab sich nicht. Onkel Tobias und ich teilten das halbe Bett. Rosa verzog sich mit der Wolldecke schweigend irgendwohin.

Am Morgen, punkt 8.20 Uhr, warfen wir die Familie Stingeli hinaus. Beinahe buchstäblich zu nehmen. Von Händedruck war keine Rede. Zuerst gab es ein gewaltiges Rumoren, bis alles in allen Ecken und Enden zusammengesucht war. Unsere Kinder paßten und sperberten wie Zöllner, daß keine Kontrebande in die fremde Bagage hineingeriet, und schlugen sich wie Indianer um ein Päcklein Puddingpulver, das letzten Endes in einer rosenfarbenen Staubwolke sich dem irdischen Zuspruch entzog. Schatzi nahm mit Gebell von Lulu Abschied.

Die allgemeine Malaise wollte denn auch Kügelchen richtig benutzen. «Eigentlich wollte ich dir die hundert Franken bringen, weißt du! Es hat mir einfach keine Ruhe mehr gelassen, und da hab' ich gedacht, du gehst und bringst sie, auch wenn's dich schwer ankommt. Aber gestern abend ist mir dann etwas Dummes passiert – ich kann dir das nicht weiter erklären –, die Note muß mir gestohlen worden sein! Und jetzt bin ich in einer unmöglichen Situation und – nicht wahr?» Er schaute mir so treuherzig wie nur möglich in die Augen.

«Aber, Onkel Tobias! Wo sollten wir denn hier oben auch nur einen Fünfliber übriges Geld bei uns haben? Man nimmt doch kein Geld in die Ferien. Nur grade das abgezählte für das Notwendigste – und übrigens ist es nun die fünfte Hunderternote, Onkel Tobias, unter uns gesagt –»

Das Kügelchen murmelte etwas von lumpigen Fränklein. «Angeschmiert ist man jedesmal, wenn man sich auf die Verwandtschaft verläßt.» Dann verschwand er und kam erst wieder zum Vorschein, als er die Teller klappern hörte. Zwischen Suppe und Maisschnitten murrte er Unverständliches. Aber er aß und trank nach Kräften und rauchte von meinen besten Zigaretten.

Dann rumpelte die Familie Stingeli davon. Er kam noch einen Moment unter den Türrahmen: «Also denn! Und nichts für ungut!» Hugo riß indes noch ein paar Zinnien samt den Wurzeln aus dem Beet. Stillvergnügt schauten wir zu, wie die Gesellschaft, die Regenschirme quer über den Rucksack geschnallt, in der Tiefe des Hanges verschwand. Gott sei gedankt!

Eine Viertelstunde nachher verschwand auch das Kügelchen. In der allerletzten Minute, zwischen

WC und Garderobe, knöpfte er mir noch eine Zwanzigernote ab. «Ich wußte es ja, ihr seid keine Barbaren! Rosa hat mir auch etwas in die Hand gedrückt.» Freundlich wohlwollend schied er. Niemand konnte ihm je gram sein. –

Dann waren wir allein. Die Sonne schien aus dem blauen Himmel herunter. Alle Fenster standen offen. Lulu lag auf dem Rücken, streckte alle viere dem Firmament zu, lachte quietschvergnügt und streckte die Zunge heraus gleich dem Lällenkönig zu Basel.

«Herrlich still ist es, gelt? Und groß und feierlich wie in einer Kirche –»

«Und Platz haben wir – Platz! Das ist ja ein Hotel! Ein Tanzboden ist das! Eigentlich viel zu groß für uns fünfe –»

Dann spazierten wir im ganzen Haus herum wie am ersten Tag und hatten unsere helle Freude an jedem Ding. Mitten im Schlafzimmer aber nimmt mich Rosa bei den Schultern, um nicht zu sagen um den Hals: «Iwan –!», und ich renne hinunter und suche das Büchlein mit der russischen Unordnung. Hier – hier bitte!

«Der Starosch lächelte nun fein und sagte schlicht: ,Soso? Paßt wohl auf, jetzt kommt das letzte Mittel!' – ,Sollen wir auch noch eine Kuh in die Stube stellen?' Iwan ließ die Arme schon hoffnungslos sinken. ,Nein, Iwan. Jetzt geht ihr

85

zusammen in die Kirche und betet ein Vaterunser, und dann jagt ihr alles, was nicht zum Haus gehört, wieder ins Freie, alles auf einen Schlag. Hernach werdet ihr Platz haben in eurer Hütte, wie niemand im ganzen Dorf! Größer und geräumiger wird sie sein als des Staroschen alte Hütte!' – Sie gingen und taten, wie der Weise ihnen geheißen, und als sie wieder allein mit ihren sechs Kindern in der Hütte saßen, und alles war sauber wie zuvor, da staunten sie über die Güte und Weisheit, und es war ihnen, als wohnten sie in einer Kirche. Anderntags aber brachte Katjuschka dem Staroschen einen Krug Ziegenmilch und die letzten sechs Eier, die sie eben noch gefunden hatte, eins unterm Bett, eins im Bett, eins in der Sofaecke und das letzte unter dem schiefen Christusbild in der Ecke.»

«Eine gescheite Geschichte», sagte ich, «es stimmt alles aufs Haar.»

Rosa aber meinte ganz ernsthaft: «Warum haben eigentlich die Schweiz und dieses Rußland so lang nichts miteinander zu tun haben wollen? Die russischen Ansichten und die schweizerischen scheinen doch gar nicht weit auseinander zu liegen?»

«Katjuschka! – Liebes Kind, das ist ein anderes Kapitel –»

In unserer Großdruck-Reihe erschien ferner:

Fritz Gafner
Zeitgeschichten
80 Seiten. Gebunden 9.80

Zeitgeschichten – das sind Geschichten aus der Zeit dessen, der sie erzählt. Aus der kleinen Geschichte, die ihn gemacht hat. Anderseits sind es die Geschichten, die er gemacht hat. Aus dem, woran er sich erinnert.
Erinnerung zum Beispiel an den Vater, der gestorben ist, aber durch den Tod nicht verlorenging, sondern in einer Reihe von kleinen Geschichten nun ganz dem gehört, der sie erzählt.
Neben den «Geschichten vom Vater» die «Geschichten vom Kind». Erinnerung an die eigene Kindheit, die zwar längst vergangen, aber auch nicht verloren ist, obwohl sie aus einer anderen Zeit erscheint, wie aus einem anderen Leben.
Daran schließen die «Geschichten von der Familie» an. Wie sich außer dem Haus des Vaters ein Haus auftut. Wie sich aus beiden Häusern Tradition fortsetzt. Gebrochen und ungebrochen. In einer anderen «Wohnzeit».
Die Zeitgeschichten sind in der Überzeugung geschrieben, daß man nicht mit einer raffinierten Erzählweise Originalität suchen muß. Denn die Originalität liegt nicht im Schreiben, sondern schon im Erinnern.

Weitere Bändchen unserer Großdruck-Reihe:

Werner Reiser
Die drei Gaben
104 Seiten. Kartoniert 9.80

«Besonders packten und zum mehrmaligen Lesen und Meditieren ermunterten mich die Erzählungen von Werner Reiser. Eigentlich sind es Predigten, aber solche von ganz anderer Art: nicht voller bekannter Begriffe, sondern als eine Weise von Legenden erzählt, hineingebettet in einfache und doch gewählte Worte, in Bilder von eindrücklicher Vorstellungskraft.» Th. im Kirchenboten des Kantons Thurgau

Barbara Schweizer
Vermißt wird Pfarrer Mohr aus der Schweiz
88 Seiten. Kartoniert 9.80

«Die Verfasserin hat ihre Radio-Hör-Novelle in eine spannende Erzählung umgewandelt. Pfarrer Mohr, ein junger Schweizer Gelehrter, soll auf einem Kongreß in England sein angriffiges Referat halten, gerät aber durch eine Verwechslung in eine unmögliche Situation, aus der er Zuflucht findet bei einer Reisegefährtin. Aber auch hier ergeben sich allerlei Komplikationen, die sich schließlich durch neue Überraschungen in Wohlgefallen auflösen.» Pro Senectute